愛經典

閱讀經典，成為更好的自己。

The Wind in the Willows

柳林風聲

Kenneth Grahame

肯尼斯・葛拉罕●著
童天遙●譯

緣起

愛經典

卡爾維諾說：「『經典』即是具影響力的作品，在我們的想像中留下痕跡，並藏在潛意識中。正因『經典』有這種影響力，我們更要撥時間閱讀，接受『經典』為我們帶來的改變。」因著經典作品獨具的無窮魅力，時報出版公司特別引進「作家榜」品牌母公司大星文化策劃的「作家榜經典名著」，推出「愛經典」書系，期能為臺灣的經典閱讀提供最佳選擇。

這一系列作品，已出版近百本，累積良好口碑，榮登各大長銷榜。這些作家都經時代淬鍊，作品雋永，意義深遠。我們所選的譯者，許多都是優秀的詩人或作家，譯文流暢通順好讀，更能傳遞原創精神與文采意涵。因為經典，時報特別對每部作品皆以精裝裝幀，更顯質感，絕對是讀者閱讀與收藏經典的首選。

現在開始讀經典，成為更好的自己。

目次

1 大河之岸

整個上午，鼴鼠都在一刻不停地忙著，為他家這間小屋子做春季大掃除。

他丟下掃帚，又拿起撣子，然後一手提起一桶石灰水，一手拖著一把大刷子，踩著椅子爬上梯子，直到灰塵嗆了他的喉嚨，迷了他的眼睛，石灰水濺滿他的黑色毛皮，雙手又酸又痛，腰也直不起來才罷休。

春天的氣息飛揚在他頭頂的天空上，飄蕩在他腳下的泥土裡，縈繞在他的身體周圍，那股強烈的渴求精神甚至鑽進了他那又黑暗又低矮的小屋子。難怪鼴鼠把刷子往地上一扔，嚷道：「真討厭！」「哦，去他的吧！」「見鬼的春季大掃除！」

他等不及穿上大衣，就衝出了家門。地面上好像有種力量正在急切地召喚他。於是他向著陡斜的地道奔去，這地道一路通向地面上的碎石子車道，而這車道是屬於住在通風向陽屋子裡的那些動物的。

鼴鼠拚命地揮舞著他的四隻爪子，又是扒又是掏又是抓又是刨，又是刨又是抓又是掏又是扒，使出了渾身力氣，嘴裡還一直嘀咕著：「我們上去了！我們上去了！」

到最後，噗，他的鼻尖真的伸到了陽光中，樂得他在一片暖洋洋的大草坪上打起滾來。

「真是太棒了！」他自言自語道，「可比刷牆好玩多了！」

太陽曬得他的毛皮暖烘烘的，微風輕拂著他發燙的額頭。儘管鼴鼠在地下蟄居得太久，耳朵都不太靈光了，就連小鳥歡快的歌聲，聽起來都如同大吼大叫，但是一想到可以不用做春季大掃除了，這該是多麼歡樂愜意。他高興得蹦跳起來，飛跑著橫穿過草地，一直跑到草地盡頭的灌木籬笆前。

「站住！」一隻老兔子在灌木籬笆缺口處叫住他，「通過私人道路，要交六便士！」

鼴鼠才懶得去理會這隻老兔子呢，正眼都不瞧他一下，這倒令老兔子亂了方寸。他順著籬笆一路飛奔，不時還戲弄一下那些從別的洞口探出頭來，想要一看究竟的兔子。

「蠢貨！蠢貨！」鼴鼠得意地嘲笑著這些傢伙，沒等他們想出一句滿意的話來回敬他，就已經跑得無影無蹤了，留下兔子互相埋怨起來。

「看你多笨，幹嘛不說他……」

「哼，你自己為什麼不說……」

「你就應該警告他……」

諸如此類，老生常談的話。當然了，也一向都是如此。

一切都美好得讓人難以置信。他放開四肢飛奔，穿過一片又一片草地，沿著灌木籬笆，穿過灌木叢，等不及似的到處遊蕩。一路上，他看到鳥兒築巢做窩，花兒含苞欲放，葉兒新芽漫發——萬物都是如此蓬勃向上，欣欣向榮。

他一點也沒聽到良心在偷偷責備著說「去刷牆！」，反倒是覺得，能在這群忙忙碌碌的公民當中當唯一一隻懶狗，是多麼愜意的事啊。要知道，放假最棒的部分也許不是自己能夠休息，而是看到別人都在埋頭苦幹。

他漫無目的地到處閒逛，忽然就站在了一條漲水的大河邊，這一刻真是感覺到前所未有的快樂。他一生中還從來沒有見過河呢。這隻全身光滑、蜿蜿蜒蜒、體格龐大的動物，一路歡笑著追逐而去，咯咯竊笑著抓起一件什麼東西，又哈哈大笑著把它放下，轉身撲向新的玩伴。新玩伴剛剛要掙脫它，卻還是被它抓住了。

大河震顫不息，搖曳閃爍，粼粼發光，漩渦奔流，細語潺潺。鼴鼠簡直像著了魔一樣，看得入迷了。他沿著河邊一路小跑，就像一個小孩子緊跟在大人身邊，聽他講著冒險刺激的故事，聽得出神了。最後他跑累了，就在岸邊坐下來。但是河水彷彿永遠不會停歇似的，依舊一直對著他娓娓道來，低聲細語地講述著世上最好聽的故事。這些故事來自大地的最深處，一路傳誦，最終講給永遠聽不夠的大海。

當他坐在草地上，張望著河對岸的時候，忽然看到就在水面上方一點的位置，有個漆黑的洞口。於是他便陷入了幻想：如果有這樣一隻不太貪心的動物，擁有河邊一間小巧玲瓏的房子，漲潮時淹不到，遠離塵囂，那該是多麼舒服的一個家啊。

他正沉浸在美夢裡，忽然有個亮晶晶的小東西在漆黑洞穴深處一閃，接著又閃了一下，像顆小星星。可是，能夠出現在洞口那樣的地方，絕對不會是星星。說它是螢火蟲吧，好像太亮也太小了。

他正瞧著，那傢伙竟對他眨了一下，原來那是一隻眼睛。漸漸地，在眼睛周圍顯出一張小臉，像一幅畫嵌在畫框裡。

這是一張棕色的小臉，腮邊有兩撇小鬍子。

這是一張嚴肅的圓臉，眼睛裡閃亮著的，就是一開始引起他注意的那種光。

兩隻精巧的小耳朵，還有濃密光滑的毛髮。

這是河鼠！

接著，兩隻動物面對面站著，小心翼翼地打量著彼此。

「你好呀，鼴鼠！」河鼠招呼道。

「你好呀，河鼠！」鼴鼠答道。

「你願意到這裡來嗎？」河鼠問。

「嗨，你說起來倒輕鬆。」鼴鼠沒好氣地說。河邊生活對他來說實在太新鮮了，他還沒搞清楚水上的生活習慣呢。

河鼠二話不說，彎下腰解開一條繩子，用它拉攏來一艘小船，然後前後爪輕輕一跨，進入了船中。鼴鼠原先沒有注意到這隻小船。他仔細打量著，只見小船外面漆成了藍色，裡面漆成了白色，正好能容得下兩隻動物。雖然還不大明白它是用來做什麼的，但鼴鼠的整顆心已經一下子飛到了小船上。

河鼠手腳俐落地把船划了過來，拴在岸邊。他伸出前爪，扶著鼴鼠小心翼翼地跨上船。「抓好了！」河鼠說，「現在，輕輕地把腳放上來！」鼴鼠驚喜地發現，自己當真坐在了一艘真正小船的尾巴上了。

「今天真是個完美的日子！」河鼠把船撐離岸邊，划起槳來的時候，鼴鼠說，「你知道嗎，我這輩子還從來沒有坐過船呢！」

「什麼？」河鼠驚訝地張大嘴巴，「從來沒有坐過——你從來沒有——哎呀——那你一直都在做什麼？」

「坐船有那麼好玩嗎？」鼴鼠不好意思地問道。其實從他跨上船的那一刻，內心早就相信了這個事實。此刻他向後靠在座位上，仔細觀察著坐墊、槳片、槳架和上面所有令人著迷的設備，感受著小船在身體下面輕輕地搖晃。

「哪裡只是好玩？再也沒有比這更絕妙的事了，」河鼠俯身划槳，一本正經地說，「請你相信我的話，我年輕的朋友，世界上再也沒有一件事情——絕對沒有一件事情，比划船更值得一做的了。什麼也不做，光是划船我就能划一整天，」他夢幻般地喃喃自語，「坐在一條船中，到處划呀划……」

「小心前面，河鼠！」鼴鼠忽然驚慌地大叫起來。

可惜為時已晚。小船猛地一頭撞到岸邊。那個剛才還在做著划船美夢的傢伙，一下子跌倒在船底，摔了個四腳朝天。

「是坐在船裡，還是跟船在一起，」沒想到，河鼠一臉輕鬆，笑著爬了起來，若無其事地繼續說下去，「是待在船裡面，還是船外面，這都無所謂。事實上，這都沒什麼要緊的，這就是划船的魅力所在。不管你去哪裡，還是不去哪裡，不管你是去目的地，還是去別處，或者哪裡都不去也行。你總忙個不停，也沒見你做出什麼特別的事，天底下的事情那麼多，一件完了，總有下一件在等著你。你要學會隨心所欲，高興就去做。不過我勸你最好什麼也別做。好了不嘮叨了，要是今天早上你真的沒別的事要做，我們是不是一起順流而下，划他一整天的船？」

鼴鼠樂得直晃著腳丫子，敞開胸脯，自由自在地躺倒在鬆軟的坐墊上，心滿意足地長吁一口氣。「我這一天將過得多麼棒啊！」他說，「還等什麼，我們馬上動身吧！」

「等一下，就一下下！」河鼠說著便熟練地扣住纜繩，穿過碼頭上的環，輕輕一蹦，爬進碼頭上面的洞裡去了，沒多久，就捧著一個裝滿了午餐的藤條籃子，搖搖晃晃地走了出來。

「把它推到你的腳底下。」河鼠把籃子遞到船上，對鼴鼠說。接著他解開繩索，再次拿起雙槳。

「籃子裡面裝了什麼？」鼴鼠好奇地扭動身子問。

「有冷雞肉，」河鼠一口氣回答說，「冷舌頭冷火腿冷牛肉醃小黃瓜沙拉法式圓麵包三明治罐裝肉薑汁啤酒檸檬汁蘇打水……」

「哇，夠了，夠了，」鼴鼠興奮地叫道，「真是太豐盛了！」

「你真的這樣覺得？」河鼠一本正經地問，「這只是我平常出去玩時帶的東西，別的動物還一直說我是個小氣鬼，帶的剛夠吃而已！」

河鼠的話，鼴鼠一個字也沒聽進去。他正深深地陶醉在這種新生活裡，水光、漣漪、芬芳、泉聲、暖陽，一切都是那麼新奇而美好。他把一隻腳爪伸到水中，做起長長的白日夢來。而河鼠真是個善良的好同伴，穩穩當當地划著船，忍著不去驚擾他。

「你的這身衣服我喜歡極了，老弟，」大約過了半個鐘頭，河鼠終於開口了，「等我有錢了，也要給自己弄一件黑天鵝絨的吸菸服來穿。」

「你剛才在說什麼？」鼴鼠好不容易才回過神來，「你大概覺得我這人非常沒有禮貌吧，但是這一切對我來說太新鮮了。所以，這——就是——一條——河！」

「是這條河。」河鼠糾正他的話說。

「你真的住在這條河的旁邊嗎？多麼愉快的生活呀！」

「我住在河邊，和它一起，在河上，也在河裡，」河鼠說，「這條河就是我的兄弟姊妹、姑姑嬸嬸、夥伴朋友。它供我吃喝，也供我梳洗。它就是我的世界。除了這個世界，我再也不需要別的什麼了。凡是大河也沒有的東西就不值得擁有了，凡是大河也不知道的事物就不值得去瞭解。

「天曉得我與大河在一起度過了多麼美好的時光啊！無論春夏秋冬，總有它的樂趣，令人興奮。就是二月裡漲潮的時候確實很糟糕，我的酒窖和地下室裡灌滿了渾濁的水，黃褐色的河水從我最精緻的臥室窗前流過。但是到了退潮之後，就會露出來一攤攤爛泥，聞起來像是葡萄乾蛋糕的味道，河道裡塞滿了各種雜草和雜物。這時候，我就可以在大部分河床上閒逛了，不用擔心會弄溼鞋子，到處都可以找到新鮮食物吃，還有那些粗心的人從船上丟下來的東西。」

「不過，有時候是不是也會感到有點無聊？」鼴鼠壯著膽問道，「只有你跟這條河，就沒有別的動物來跟你聊聊天嗎？」

「就沒有別的動物聊天——好吧，我不該奢望你能一下子理解的，」河鼠寬宏大量地說，「你初來乍到，當然不瞭解，如今河岸上已經擁擠不堪，許多動物只好一起離開。噢，從前可不是這樣的，水獺呀，魚狗呀，鷗鷉呀，紅松雞呀，差不多整天在這裡，一直求著你做這做那，好像別人就無事可做了一樣。」

「那裡是什麼地方？」鼴鼠揮動著爪子，指著河對岸草地後面黑漆漆的森林問道。

「那裡嗎？哦，那裡是原始森林。」河鼠簡短地回答，「我們河邊居民不常去那裡。」

「他們——住在原始森林裡的那些動物都不太友善吧？」鼴鼠略顯緊張地試探道。

「這個嘛，」河鼠回答，「讓我來想想。松鼠不壞。兔子有的也還不錯，不過有好有壞。當然還有獾，他住在森林的中央，除了這個地方哪裡也不住，哪怕你花錢請他。親愛的獾呦！沒有動物去打擾他，最好也別去。」河鼠意味深長地加上一句。

「為什麼？誰會去打擾他呢？」鼴鼠追問道。

「嗯。當然有了，森林裡還有一些別的動物。」河鼠吞吞吐吐地說，「黃鼠狼呀，鼬鼠呀，狐狸呀，他們也不一定都是壞的。我和他們的交情還不錯，要是碰上了也會在一起玩一天。但他們有時會突然翻臉，這得承認。好吧，事實是，你根本不能真正相信他們。」

鼴鼠心裡明白，老是談未來有可能碰到的麻煩事，哪怕只是提一下，都是不合乎動物界的規矩的。所以，他岔開了這個話題。

「那麼，在原始森林之外的遠方又是什麼呢？」他問，「一眼望去那是一片藍色的模糊地方，我猜有可能是山，也有點像城市裡的炊煙，又或者只是浮雲？」

「在原始森林外面，就是廣闊的大世界，」河鼠說，「那地方，跟你我都不相干。我從沒去過那裡，也永遠不會去的。你要是還頭腦清醒，就也別去，別再提它了。好了！我們的靜水灣到了，就在這裡吃午飯吧。」

他們離開了主河道，把船划進一片像是被陸地環繞的小湖。湖水兩邊是綠色的青草坡地。在幽靜的水面下，蛇一般彎彎曲曲的褐色樹根正發著光。在他們的前面，矗立著一座攔河壩，銀色波浪高飛，落水泡沫翻滾，連接著它的是一個滴水的水車輪子。水車不停地轉動，一直帶動著一間灰色山牆磨坊裡的磨盤，發出一種直叫人打瞌睡的嗡嗡聲。而磨坊裡卻又不時傳來清脆歡快的說話聲。

鼴鼠看著眼前的一切，心潮澎湃，忍不住舉起兩隻前爪，激動得喘氣道：「哎呀！哎呀！哎呀！」

河鼠把船划到岸邊，拴好繩子，把還不熟水性的鼴鼠平安地扶上岸，然後將午餐籃子扔到草地上。

鼴鼠請求河鼠允許，由他來打開籃子。河鼠欣然滿足了這位朋友的願望，自己便往草地上一躺，伸展著四肢，愜意地休息，聽憑他那個興奮的朋友抖開餐巾，整齊鋪好，把神祕的食物一樣一樣從籃子裡拿出來，小心翼翼地打開，井井有條地擺放好。每每發現一樣新東西，鼴鼠就忍不住驚歎一聲：「哎呀！哎呀！」

食物擺放就緒，河鼠就一聲令下：「趁現在，老弟，開吃！」鼴鼠等這一刻不知等了多久，要知道，那天他從一早就開始忙著他的春季大掃除，根本沒有停下來吃過東西喝過水，又折騰了這麼一大圈，彷彿已經過去了好多天。

「你在看什麼？」河鼠問。一頓狼吞虎嚥之後，鼴鼠飢餓的肚子已經舒服多了，目光也終於可以離開餐巾去看看別的了。

「我看到有一連串的泡沫，」鼴鼠說，「這些泡沫在水面上漂流，真是好玩極了。」

「泡沫？哇哦！」河鼠高興地吱喳了一聲，樣子十分討人喜歡。

一張發亮的大嘴從岸邊的水面上冒了出來。水獺鑽水而出，順勢抖掉了他毛皮大衣上的水滴。

「你們這些貪吃的傢伙！」他邊說邊朝著吃的湊上來，「為什麼不邀請我呀，河鼠？」

「這是臨時起意的，」河鼠立馬解釋說，「跟你介紹一下，這位是我的朋友鼴鼠先生。」

「很高興認識你。」水獺說。兩隻動物馬上成了好朋友。

「到處都是吵吵鬧鬧的！」水獺繼續說著，「今天好像全世界都湊到河面上來了。我到這個靜水灣，本想是來圖個清靜，沒想到又碰上你們兩個傢伙！至少是——啊，很抱歉——我不是那個意思，你們懂的。」

他們身後響起一陣窸窣聲，循聲而去是一片鬱鬱蔥蔥的矮樹叢，上面積滿了厚厚的一層樹葉，還是去年的。

突然，從裡面探出一隻有條紋的腦袋，目不轉睛地盯著他們，腦袋下高高聳起兩個肩膀。

「過來吧，獾！」河鼠叫道。

獾小心翼翼地向前走了一兩步，小聲咕噥說：「哼！還有別人呢！」然後馬上轉過身去，一溜煙跑不見了。

「他就是這麼個傢伙！」失望的河鼠說，「他最不喜歡交朋友！今天我們就別想再看見他了。好吧，不管他了，還有誰到河面上來了？」

「蛤蟆算得上一個，」水獺回答，「他又開了一艘嶄新的賽艇，穿著一身新衣服，什麼都是新的！」

兩隻動物互相看了一眼，哈哈大笑。

「有一段時間，他悶頭玩帆船，」河鼠說，「後來帆船玩膩了，就開始玩撐平底船。整天只知道撐船，別的什麼都不感興趣，還惹出一屁股麻煩來。去年，他又迷上了大遊艇，拉著我們都往裡頭住。我們只好裝作喜歡的樣子。他當時還吹牛自己後半輩子都要住在那裡了。他就是這樣，沒有定性，不管喜歡上什麼事情，玩一陣就膩了，然後又喜歡上新的東西。」

「他也算是個好人，」水獺若有所思地說，「就是心思不定，特別是對開船這件事！」

從他們坐的地方放眼望去，隔著一座小島，前方就是主河道。就在這個時候，一艘賽艇進入了他們的視線。划船的是一個又矮又胖的傢伙，槳下水花飛濺，船內身子翻滾，卻還在拚命划著。河鼠站起來喊他，但蛤蟆呢——就是那個傢伙——卻搖搖頭，自顧自地划他的賽艇。

「他一直這樣滾來滾去，不一會兒就要滾到船外面去了。」河鼠說著重新坐了下來。

「我打賭他一定會滾出來的，」水獺咯咯笑著說，「我跟你說過蛤蟆和那個水閘管理員的趣事嗎？蛤蟆他……」

一隻隨波漂流的蜉蝣忽然傻傻地逆水游來，這是對生活充滿好奇的年輕蜉蝣尤其喜歡去做的事情。水面忽然捲起了一個漩渦，噗，蜉蝣就消失了蹤跡。

水獺也不見了。

鼴鼠趕忙往下看。水獺的話猶在耳邊，但他躺過的那塊草地卻空空如也。一直望向很遠的天邊，也不見他的蹤影。

然而，河面上又冒出一連串的泡沫。

河鼠哼起歌來。鼴鼠立刻想起，按照動物界的規矩，如果你的朋友突然失蹤了，不管你出於什麼理由，都不應該隨便談論這件事。

「好了，好了，」河鼠說，「我想我們該走了。不知道我們兩個之中，誰該把東西收拾進籃子裡？」聽河鼠的口氣，好像對此不是特別高興。

「哦，這種工作就交給我吧。」鼴鼠說。不用想，河鼠欣然接受了。收拾籃子這種差事自然沒有打開籃子那樣讓人覺得有意思，向來都是如此。不過對於好奇的鼴鼠來說，什麼事都可以做得津津有味。儘管他剛收拾完畢，繫好籃子，就發現一個盤子正躺在草地上看著他，剛把它重新裝進去，河鼠又指出漏掉了一把人人都看得見的叉子。到最後，他竟然發現自己屁股底下還坐著一個芥末瓶，之前竟毫無察覺。無論如何，最後他總算完成了這個任務。好在鼴鼠也沒有什麼壞脾氣。

太陽開始西落，河鼠蕩起雙槳一路返回，嘴裡還咕噥著什麼詩，把鼴鼠晾在了一邊。鼴鼠呢，午餐飽食了一頓，此刻正心滿意足地坐在船上優閒自得。

他看著河鼠嫻熟的動作，內心開始有點躍躍欲試起來，脫口而出：「嘿，河鼠老兄，我也想划划船！」

河鼠微笑著搖搖頭。「現在還不行，我年輕的朋友。」他說，「等你學好了再划吧。這可沒有看起來的那麼簡單。」

鼴鼠沉默了一兩分鐘，但內心卻越來越嫉妒河鼠能夠那麼輕鬆又有力地划船了。他的虛榮心開始作祟，耳邊總有一個聲音在告訴他，自己划得完全不會比河鼠差。他突然猛地跳了起來，一把搶過河鼠手中的雙槳。

河鼠呢，正陶醉在自己的詩歌之中，完全措手不及，仰面翻倒在船底，又跌了個四腳朝天。搶占了位置的鼴鼠洋洋得意，信心十足地抓住了雙槳。

「住手！你這個蠢驢！」河鼠在船底急得大叫起來，「你不能划！你會把我們都弄到水裡去的！」

鼴鼠才聽不進去，揮舞著雙槳往後一揮，用力往水裡划了一下。可是他的槳根本沒有碰到水面。一陣頭重腳輕之後，鼴鼠便摔了個倒栽蔥，整個壓在躺倒的河鼠身上。驚慌失措的他，趕忙去抓船舷。

頃刻間，撲通！

船翻了過來，鼴鼠在河裡拚命掙扎。

哎呀，水裡真是冷極了，哎呀，渾身上下都溼透了！他只感到自己一直在往下沉呀，沉呀，水在耳朵裡頭嗡嗡響呀，響呀。他掙扎著冒出水面，卻又被水嗆住了喉嚨，急得哇哇大叫，不一會兒，就又沉了下去。就在鼴鼠快要絕望的時候，忽然，一隻有力的爪子抓住了他的後頸。

那是河鼠。他顯然是在哈哈大笑。鼴鼠能感覺到他的笑聲從手臂傳下來，透過爪子，一直傳到了自己的脖子。

河鼠抓住一支槳，將它塞進鼴鼠的腋下，又把另一支槳，塞在了他另一邊的腋下。接著，他游到鼴鼠後面，推著已經毫無力氣、再也動彈不得的鼴鼠來到了岸邊，將他拉出水面，安置在了岸上。剛才還神氣活現的鼴鼠，頃刻間就成了溼漉漉、軟癱癱的一堆，狼狽極了。

河鼠幫鼴鼠搓了搓身子，擰乾了溼衣服，然後對他說：「現在，老弟！順著路快步來回跑，直到你的身體暖和了，衣服也乾了為止。我現在就潛下水去把午餐籃撈上來。」

驚魂未定的鼴鼠，身上溼透，內心羞愧，再也不敢逞強了，拖著溼漉漉的身體在河邊來回跑，直到身上乾得差不多了才停下來。此時河鼠縱身一躍，又一次躍入水中，找到小船，把它重新翻了過來，拴在岸邊，又把漂在水面上的東西一件件撈回來。最後，他潛入水底撈到了午餐籃，奮力把它帶回了岸上。

一切又重新準備就緒，等著出發了。鼴鼠卻無精打采、垂頭喪氣地坐到了船尾的座位上。他忍不住激動地低聲嗚咽：「河鼠老兄，我寬宏大量的朋友！我剛剛真是太愚蠢，太沒腦子了！實在是很抱歉，一想到差點因為我而弄丟了那個漂亮的午餐籃，心裡就很難過。我承認，自己就是一隻徹頭徹尾的蠢驢。求你能不能大人不記小人過，原諒我這一次，一切還跟過去一樣好嗎？」

「沒什麼的，上天保佑你！」河鼠輕鬆地答道，「對一隻河鼠來說，弄溼點算得了什麼？大部分時候，我待在水裡的時間比待在岸上還要久呢。你就別再想這件事了。還有，要是你願意的話，我真的覺得你可以過來跟我一起住一段日子。不過你要有心理準備，我的房子很簡陋，根本沒法和蛤蟆富麗堂皇的家比。你還沒來看過呢，到時候，我會讓你過得自由自在的，可以教你划船、游泳，不久你就能像我們一樣在水裡自由玩耍了。」

河鼠這麼友善的一番安慰，把鼴鼠感動得話都說不出來。他只好用爪子背抹掉了一兩滴眼淚。好心的河鼠還故意把臉轉向一邊，裝作沒看見。鼴鼠很快就振作起來，甚至面對兩隻紅松雞爭相嘲笑他那副溼答答的狼狽樣時，竟然也能夠回嘴了。

等他們回到家中，河鼠便在客廳裡生起熊熊的爐火。他讓鼴鼠坐在爐前的一張扶手椅上，還給他拿來了睡衣和拖鞋，接著又滔滔不絕地給他講河上發生的各種趣事。時間彷彿過得特別快，一轉眼就到了晚餐時間。而對於鼴鼠這種居住在陸地上的動物來說，河上的故事聽起來是那樣的驚心動魄。河鼠講到了壯觀的攔河壩、突如其來的山洪、躍出水面的狗魚，還有亂扔硬邦邦瓶子的輪船——扔瓶子確實是有的，而且是從輪船的方向過來的，由此可以推測，是輪船扔的——還講到了蒼鷺，他們跟別人說話的時候趾高氣揚。還講到晚上跟著水獺一起去捉魚，或者跟著獾在田野上一起旅行。

晚飯時光又愉快地度過了，但沒多久鼴鼠就想睡了。於是周到的主人只好把他送到樓上最好的一間臥室裡去。鼴鼠一頭就栽倒在了枕頭上。他突然覺得四周安靜極了，好像從來沒有如此滿足過。他知道，他的那位新朋友——大河——正拍打著他的窗戶。

這一天，對於剛從地下室解放出來的鼴鼠來說，只是今後許多個相似日子中的第一天。隨著盛夏的來臨，白天的時間一天比一天長，也一天比一天更有趣。他學會了游泳、划船，體驗到了在河水中玩耍的樂趣。

他豎起耳朵在蘆葦叢中傾聽著，有時會聽到風在那裡竊竊私語。

2 暢路無阻

「河鼠老兄，」一個陽光明媚的夏天早晨，鼴鼠忽然湊到他跟前說，「我想請你幫個忙。」

河鼠正坐在岸邊優哉游哉地唱著一首歌。這歌是他剛剛寫好的，所以唱得格外投入，連鼴鼠和周圍的其他事都沒怎麼在意。

一大清早，他就和他的鴨子朋友在河裡游泳。鴨子一向喜歡把他們的頭栽進水裡練習倒立。每當他們這樣做的時候，河鼠就會潛到水下去，在他們下巴（如果那可以稱之為下巴的話）下面的脖子上搔癢。鴨子實在忍無可忍，不得不趕緊鑽出水面，氣急敗壞地對他叫嚷，抖動羽毛。因為當腦袋倒插在水裡的時候，是自然不可能把滿腔怒火一股腦發洩出來的。

最後，鴨子也只得央求他走開，忙自己的事去，別多管閒事。河鼠這才走開了，坐在河岸上曬著太陽，編成了一首唱鴨子的曲子。名字叫〈詠鴨歌〉：

沿著回流灣，
穿過燈芯草，
鴨兒在戲水，
個個尾巴翹。
鴨子鴨尾巴，
黃腳撲通通，
黃嘴瞧不見，
河底忙不停。
水草纖纖繞，
魚兒慢慢游，
食物多又美，
豐盛又清涼。
自由真歡樂！
倒立在水中，
鴨子愛玩水，
水裡多美好！

藍天寬又高，
雨燕天上飛，
我們水裡游，
尾巴齊上翹！

「這首歌到底有多好，我也說不上來，河鼠老兄。」鼴鼠謹慎地說。他不是詩人，也不欣賞懂詩歌的人。而且他心直口快，只說實話。

「鴨子也不明白，」河鼠豁然地說，「他們說：『為什麼不讓人家在開心的時候做他們喜歡做的事？為什麼非要坐在岸上對人家評頭論足，還要編歌曲來嘲笑人家呢？真是愚蠢至極！』鴨子就是這樣說的。」

「就是這樣，就是這樣。」鼴鼠打從心底同意。

「不對，不是這樣！」河鼠生氣地大喊。

「好啦，就算不對吧，就算不對吧。」鼴鼠連忙一直安慰他的河鼠老兄，「兄弟，我想求你一件事，你能帶我去拜訪蛤蟆先生嗎？我聽了好多關於他的事，很想認識他呢。」

「當然可以！」好脾氣的河鼠說著就興奮地跳了起來，一下子把詩歌的事拋到腦後，再也沒提起過。「我去把船拉出來，我們現在就划船去找他。你想去拜訪蛤蟆，隨時都可以。不管是早是晚，他都是一副笑瞇瞇的樣子，見到朋友可開心了，一旦你要走了，他也總是戀戀不捨！」

「他一定是個非常好的動物。」鼴鼠一邊說著，一邊跨上了船，拿起船槳。河鼠就舒舒服服地坐到船尾去了。

「他的確算是動物之中最好的了，」河鼠說，「單純、溫和，又重感情。他或許不是很聰明——但不可能每個人都是天才呀。又或許喜歡吹吹牛皮，也有那麼點自高自大，但同樣也有不少優點。」

他們繞過一道河灣，迎面看見一棟漂亮宏偉、古色古香的房子。房上的牆是色彩厚重的紅磚，房前的草坪被修剪得整整齊齊，斜斜地一直延伸到河邊。

「那就是蛤蟆莊園了。」河鼠說，「左邊有一條小河，上面有一塊告示牌，牌子上寫著：『私人河道，不准停靠。』這條小河一直通到他的船庫裡面，我們就要在那裡下船。船庫右邊是馬廄，你現在看到的是宴會廳——它已經很古老了。你也知道，蛤蟆是個有錢人，這確實是我們這一帶最好的房子了，雖然當著他的面我們從來不承認。」

小船慢慢駛入小河，來到了大船庫的屋頂下。鼴鼠收起了船槳。他們一眼就看到了許多漂亮的小船，一些掛在橫梁上，一些吊在船臺上，然而沒有一艘小船是在水裡的。這地方看起來透露出幾絲荒廢的氣息。

河鼠看了看周圍。「我懂了，」他說，「看來對於玩船這件事，他的熱情已經消散差不多了，大概已經玩膩了。誰知道他現在又迷上了什麼新玩意。來吧，我們去看看他，答案自然就揭曉了。」

他們下了船，一路散著步穿過鮮花盛開的草坪，去找蛤蟆。不一會兒，他們就發現了他，只見他坐在一張花園藤椅上，正全神貫注地盯著膝蓋上攤開的一幅大地圖。

「萬歲！」蛤蟆一見到他們就高興得從椅子上一躍而起，「真是太好了！」根本等不及河鼠介紹，蛤蟆就熱情地跟他倆握手。「你們來看我，真好！」他繞著他倆直跳，接著說，「河鼠，我正要派船去下游接你呢，不管你在幹什麼，都吩咐他們一定要將你接到這裡來。我非常需要你——你們兩個。現在，你們想吃點什麼？進屋吧，來吃點東西！來得早不如來得巧！」

「讓我們先喘口氣坐一會兒吧！蛤蟆。」河鼠說著，一屁股坐在一把扶手椅上。鼴鼠便坐到他旁邊的另一把扶手椅上，客氣地讚美了幾句蛤蟆那「可愛的房子」。

「這是河邊這一帶最好的房子了，」蛤蟆得意洋洋地嚷道，「應該說差不多是全世界最好的房子了。」蛤蟆又忍不住補上一句。

這時河鼠用手肘撞了撞鼴鼠，好巧不巧，這一幕正好被蛤蟆看到了。他不由得滿臉通紅，尷尬地沉默了好一會兒。然後一轉眼，豁達的蛤蟆又哈哈大笑起來。「好了，河鼠，你也知道我這個臭脾氣。更何況這房子確實不差，不是嗎？你自己也很喜歡它呀。好吧，聽我說，讓我們談點正事。你們兩個正好是我要找的，可一定要幫我這個忙。這事非常重要！」

「我猜是關於划船的事吧，」河鼠裝糊塗說，「你已經划得很不錯了，就是水花還濺得有點厲害。只要多點耐心，多練習幾次，你就能夠——」

「噢，划船！呸！」蛤蟆打斷他的話，一臉嫌棄的樣子，「那是小孩子無聊玩的小把戲。我早就不玩了。那純粹是在浪費時間。看到你們這些人把所有的精力都浪費在那種毫無意義的事情上，我就覺得不值得。還好，我已經發現了一份真正的事業，唯一一件值得一輩子去做的事情。我打算把我的餘生都奉獻給它。一想到過去把那麼多時間都浪費在了毫無意義的瑣事上，我就後悔莫及。跟我來吧，親愛的河鼠，還有你這位親愛的朋友也一起，如果他肯賞臉的話。不用走很遠，就到馬廄那裡，就會看到你們將要看到的東西了！」

蛤蟆帶著他們向馬廄走去，河鼠一臉狐疑地跟在後面。他們一抬頭，就看見一輛吉普賽篷車從馬車房裡拉了出來，簇新發亮的樣子。車身被漆成了金絲雀的鮮黃色，上面還點綴綠色紋飾，輪胎是大紅色的。

「看吧！」蛤蟆叉開雙腿，神氣活現地說道，「這輛車所代表的，才是真正的生活。想像一下，一望無盡的大道、塵土飛揚的公路、石楠遍生的荒原、茂密叢生的灌木、綿延起伏的丘陵，還有帳篷、村莊、鄉鎮、城市，全都是你們的！今天到這裡，明天去那裡！到處旅行，變換地方，多麼好玩，多麼刺激！整個世界在你眼前展開，地平線在你腳下變幻！注意看了！這輛車是同類車裡最精美的一輛，絕無例外。快進來欣賞一下裡面的格局吧。這可全是我親自設計的，是我本人！」

鼴鼠興致勃勃，急著要鑽進篷車，緊跟著蛤蟆踩上踏板，進了車廂。河鼠只是哼了哼，兩手往口袋裡一插，站在那裡一動也不動。

車廂裡的確布置得非常緊湊舒適。幾張小睡鋪，一張靠牆疊起的小桌子、一個爐子、一個儲物櫃、幾個書架、一隻關著鳥的鳥籠，還有各種各樣的瓦罐、煎鍋、茶壺、水壺。

「這裡應有盡有！」蛤蟆打開一個小櫃，得意地說，「看吶，有餅乾、罐頭、龍蝦、沙丁魚——你們要什麼就有什麼。這裡是蘇打水，那裡是菸草、信紙、火腿、果醬、撲克牌，還有骨牌，」他們參觀完畢下車時，他依舊滔滔不絕，「我們今天下午出發時，你們會發現，什麼東西也沒漏掉。」

「不好意思，」河鼠嘴裡嚼著一根稻草，慢吞吞地說，「我好像聽到你剛才說什麼『我們』『出發』『今天下午』來著？」

「好了，親愛的好老河鼠，」蛤蟆央求他，「別用那種酸溜溜的語氣說話好嗎？你心裡清楚得很，這事還非你們不可。要是沒有你們，我怎麼應付得了呢？求求你了，這事就這麼定了，不要再爭了，我可受不了。你總不能一輩子守著你那條無聊又臭烘烘的老河，成天窩在岸邊的一個洞裡，跟一條小船住一起吧？我想讓你看看這個世界！我要把你變成一隻真正的非凡動物，我的好兄弟！」

「我才不稀罕你的那套把戲呢！」河鼠固執地說，「我就不去，說到做到。我就是要跟從前一樣，守著我那條老河，就是要住在洞裡，跟我的小船在一起。而且，鼴鼠也要跟我在一起，和我一樣生活。對不對，鼴鼠？」

「那是當然的！」鼴鼠真誠地說，「我永遠跟你在一起，河鼠，你說什麼就是什麼。不過，他的話聽起來倒像是——嗯，像是滿有意思的，是吧？」他忍不住加了一句，小眼神裡充滿了渴望。可憐的鼴鼠！冒險生活對他來說太新鮮、太刺激、太有誘惑力了。他第一眼看見那輛金絲雀色的篷車和它裡面所有小擺設的時候，就已經沉醉了。

河鼠看出了鼴鼠的心思，也動搖起來。他不願讓人失望，更何況他特別喜歡鼴鼠，只要這位朋友高興，他願意做任何事情。蛤蟆在一旁緊張地觀察他們兩個。

「先進去吃點午飯吧，」蛤蟆動了點外交上的小心機，說道，「我們好好商量嘛。不用急著做決定。其實我無所謂，只是想讓你們兩個開心而已。『助人為快樂之本！』——是我生活的座右銘。」

午餐，當然又是上乘的，就像所有蛤蟆莊園裡的其他事物一樣。吃飯時，蛤蟆誇誇其談，使出了渾身解數，像擺弄豎琴一樣專逗缺乏經驗的鼴鼠，把河鼠晾在了一邊。他天生就是一隻愛聊天的動物，又總是有很多新奇的點子，他把這趟旅行中的風景、戶外生活和趣事描述得天花亂墜，把鼴鼠激動得在椅子上一刻也坐不住了。不知怎麼的，三隻動物很快就說定了。河鼠雖然心裡還有點疑慮，但他的好脾氣最終超過了內心的反對聲。他不忍心讓兩位朋友失望。他們已經在認真地計畫旅行、預想情況，制定接下來幾個星期裡每日的不同行程了。

等到一切差不多就緒了，大獲全勝的蛤蟆領著他的兩個朋友來到養馬場，讓他們去捉那匹灰色的老馬。因為事先根本沒和他商量，就派他在這次灰塵漫天的旅途中做這件最髒的工作，老馬滿肚子怨氣，兩隻動物費了好大的工夫才把他抓住。趁這個時候，蛤蟆又往食品櫃裡塞了一大堆需要的東西，又把幾個草料袋、幾網袋洋蔥頭、幾捆乾草、幾個籃子吊在車子下面。最後，老馬終於被捉到了，幾隻動物把他連拉帶推地套上車，嘰嘰呱呱著就出發了。他們有的跟著篷車走，有的坐在車槓上，一路歡聲笑語，好不開心。

那個下午，陽光無比燦爛，閃耀著金色的光芒，就連底下飛揚起來的塵土也帶著香氣，聞起來真叫人心曠神怡。大路兩旁茂密的果園裡，鳥兒快活地朝他們哼歌曲、吹哨子。友善的路人經過他們的身邊時，紛紛前來問好，或者停下來閒聊幾句，讚美他們那輛漂亮的篷車。兔子坐在家門口的樹籬下，舉起前爪連聲讚歎：「天哪！天哪！天哪！」

天色漸晚，他們離家已經有好幾里地了，雖然很累卻無比開心。他們在遠離人煙的草地上安頓了下來，卸下馬具，讓老馬去吃草。

三隻動物圍坐在篷車旁邊的草地上，蛤蟆侃侃而談，說著他接下來幾天要做的事。圍繞在他們頭頂的星星，越來越密，越來越大。不知不覺，一輪金黃色的月亮悄悄地鑽了出來，給他們做伴，聽他們聊天。

最後，他們鑽進篷車，爬到了自己的小臥鋪上。蛤蟆兩腳踢著被子，迷迷糊糊地說：「好啦，晚安!兩位兄弟。這才是真正屬於紳士的生活!來聊聊你的那條老河吧!」

「我從不聊我的河呢，」河鼠不疾不徐地說，「這你瞭解的，蛤蟆，但我總是掛念著它，」他又深情地補上一句說，「我想念它——一直想念它!」

鼴鼠從毯子下面伸出爪子，在黑暗中摸到了河鼠的爪子，捏了一下。「河鼠老兄，只要你喜歡做的事情我都喜歡，」他壓低聲音悄悄說，「明天一大早，我們就跑掉，回到我們親愛的大河旁古老的洞裡去，好不好？」

「不，不，我們可要堅持到底，」河鼠小聲回答，「謝謝你，不過我要跟著蛤蟆，直到這次旅行結束，丟下他一個人可不安全。你放心，不會很久的，我打賭他是一時腦昏了。好了，晚安!」

果然，旅行結束得比河鼠所預想的還早。

在野外折騰了這麼久，又如此興奮了一天，晚上蛤蟆睡得很沉，到了第二天早上，怎麼也推不醒他。於是，鼴鼠跟河鼠毅然二話不說做起事來。河鼠負責餵馬、生火、洗刷昨晚的杯盤，準備早飯。鼴鼠呢，走了很遠的路，到最近的村莊裡去買牛奶和雞蛋，還有很多蛤蟆忘了帶的東西。

等這些苦差事全都做完，兩隻動物已經累得不想動彈，一屁股癱坐了下來。這時，蛤蟆才遲遲露面，神采奕奕、眉飛色舞地說著，扔掉了那些費心費力的家事之後，現在大家都活得多麼輕鬆愉快了。

這一天，他們自由自在地行進在連綿的草原上，穿梭於彎曲的羊腸小路上，夜晚來臨時就依舊一起在草地上露營。

不過這次，兩位客人特意留了一個工作給蛤蟆做。結果，到了第二天早上要出發時，蛤蟆便對這種自由原始的生活不再津津樂道了。他開始想念家裡的大床，想念他的懶覺，卻無奈被硬拉起來。

他們的路程照舊是穿過小徑，走過草原，到下午才走上了公路。這是他們碰上的第一條公路，就在這個地方，他們立刻遇到了一件意想不到的禍事。

對於他們的旅行來說，這的確是個災難，而蛤蟆今後的日子也因此發生了翻天覆地的變化。

他們正悠然自得地在公路上前行，鼴鼠和老馬並排走，聊著天，因為那匹馬抱怨自己受到了冷落，誰也不關心他。蛤蟆和河鼠跟在車子後面，他倆也在一起聊天——至少是蛤蟆在聊天，河鼠不過是有一句沒一句地搭著「是呀，就是呢。你還能跟他怎麼說呢？」，心裡卻在想著其他事。

就在此時，從他們身後很遠的地方傳來一陣隱隱約約的轟鳴聲，就像一隻蜜蜂在遠處嗡嗡叫。他們轉身一看，只見在後面一團滾滾煙塵中，旋轉著一個黑黑的東西，它正用快到難以置信的速度向他們衝過來。這團煙塵發出了一種微弱的「噗噗」聲，好像是一隻受了傷的動物在痛苦地叫喚。他們也沒怎麼當一回事，又繼續聊天。

可是就在一瞬間（他們覺得是這樣），寧靜的景象全然不見了。一陣狂風、一聲怒吼，他們就被逼下了路旁的壕溝，那傢伙是衝著他們來的。

那「噗噗」聲跟大喇叭似的，在他們耳邊轟轟作響。那東西在他們眼前一晃而過，裡面是閃光的玻璃和華麗的摩洛哥山羊皮墊。那是一輛豪華的汽車，這麼大的東西，脾氣還這麼壞，真叫人害怕。駕駛緊握著方向盤，一瞬間整個世界都成了他的天下。揚起的一大團灰塵，把他們團團圍住，他們一下子什麼都看不見了。然後，在遠處它又縮小成一個黑點，重新成為一隻嗡嗡作響的蜜蜂。

那匹老灰馬原本正優哉游哉地踱著步，腦子裡想念著他那個舒服的養馬場，突然撞上這麼件前所未見的事情，內心不禁狂躁起來，一下子向後退，一下子往前衝，接著又向後退，不管鼴鼠怎麼用盡力氣拉他的頭，怎樣好言相勸，勸他安靜些，全都無濟於事。他硬是拉著車直奔到路邊的深溝裡去。

車子晃動了一下，接著是一陣令人心碎的破碎聲，然後，這輛鮮黃色篷車，連帶著他們的驕傲與歡樂，就這樣橫躺在了深溝裡，再也沒的補救了。

河鼠站在公路中央，連連跺腳，氣得抓狂。「這幫惡棍！」他揮著兩個拳頭大吼，「這幫無賴、這幫強盜，你們──你們──你們這幫攔路匪！我要去告你們！我要把你們送到法庭上去！」

此刻，他思家的情緒立馬不見了，彷彿化身為一艘鮮黃色航船的船長。他的船遇到了敵船的橫衝直撞，結果擱淺了。他恨不得把從前痛罵小汽船主人的刻薄話，一口氣全罵出來，就是那些人把船開得離岸太近，導致他家客廳的地毯常常遭到水淹。

蛤蟆坐在塵土飛揚的大路中央，直直地伸出雙腿，目不轉睛地盯著汽車消失的方向。他嘴裡還在大口喘著氣，臉上卻洋溢著一種寧靜又滿足的表情，不時嘟囔著：「噗，噗！」

鼴鼠一直勸老灰馬不要激動，過了會兒他總算是安靜了。緊接著，他就去看橫倒在壕溝裡的車。那樣子真是慘不忍睹，車門和車窗都摔得支離破碎，車軸也彎得無法還原，一個輪子掉了下來，沙丁魚罐頭撒了一地，籠裡的鳥也可憐巴巴地嚎叫著，哭哭啼啼地央求他們放他出來。

河鼠過去幫忙，但他們兩個一塊用力，車子也紋絲不動。「喂！蛤蟆！」他們喊，「來幫我們好不好？」

蛤蟆一聲不響，一動不動地坐在路上。他們兩個過去看個究竟，卻發現蛤蟆正一臉恍惚，嘴角還掛著幸福的笑容，兩眼呆呆地望著汽車絕塵而去的方向，偶爾還聽到他咕噥兩句：「噗！噗！」

河鼠搖了搖他的肩膀：「你到底要不要來幫忙啊，蛤蟆？」他的語氣變得嚴肅起來。

「多麼激動人心又壯觀無比的場景啊！」蛤蟆自言自語地說著，根本沒有要挪動屁股的意思。「猶如一首靈動的詩歌！這才叫真正的旅行！這才是旅行唯一的方式！今天還在這裡，明天就到了別的地方！無數村莊和城鎮從身邊飛馳而過，連綿不斷的新奇風景！多麼幸福啊！噢！噗噗！哎呀呀！哎呀呀！」

「別傻了，蛤蟆！」鼴鼠發出絕望的吶喊。

「你們想想看，我對這東西竟然一無所知！」蛤蟆繼續做夢般自說自話，「我浪費了多少時間啊！之前竟然從來也不知道它的存在，甚至連做夢都沒有夢到過！如今我知道了，算是徹底明白了！從今以後，我面前將展開一條多麼光輝燦爛的道路啊！我要在公路上飛一般地行駛，身後將揚起漫天的塵土！我要威風凜凜地開過，不管多大的馬車都能被輕而易舉地推下溝渠！討厭的小馬車！沒意思的小馬車！鮮黃色的小馬車！」

「我們該拿他怎麼辦？」鼴鼠問河鼠。

「一點辦法也沒有，」河鼠斬釘截鐵地說，「真是毫無辦法。你看，我早知會如此。他現在又入迷了，一開始總是這樣，整日癡迷於一件新玩意，就像一隻在夢遊的動物，無憂無慮，漫無目的。不用管他，我們還是去看看怎麼把那輛篷車弄出來吧。」

經過一番仔細查看，他們終於發現，就算把車子弄出來，也是再也走不了了。車軸壞得沒法修了，掉下來的一隻車輪也碎得一塌糊塗。

河鼠把韁繩拴在馬背上，一手牽著馬，一手提著鳥籠，籠裡那隻鳥還在慌張地嘰嘰喳喳。「走！」他堅定地對鼴鼠說，「到最近的小鎮也得有五、六里，我們只能走著去了，最好趁早出發。」

「但是蛤蟆怎麼辦呢？」當他倆準備一起出發時，鼴鼠不安地問道。「我們總不能把他一個人扔在這裡呀！你看他那一副心不在焉的樣子，實在太不安全了。萬一又開過來一輛汽車可怎麼是好？」

「噢，煩死了！」河鼠滿腹怒氣地說，「我跟他一刀兩斷了！」

他們還沒走出多遠，就聽見了後面啪嗒啪嗒的腳步聲，原來是蛤蟆追上來了。他伸出兩隻爪子，一邊拉住一個，挽住他們的手臂，嘴裡喘著大氣，眼神迷離。

「喂！你聽好了，蛤蟆！」河鼠一本正經地說，「我們一到鎮上，你就直接上警察局去問，看看他們知不知道那輛汽車的主人到底是誰，你要去控告他。然後再去一家鐵匠店或是修車鋪，叫他們修好馬車，修車可需要花點時間，不過它還不至於壞到修不好的地步。趁這個時候，我和鼴鼠就去找家旅店，訂幾個舒適的房間，等車子修好，你精神恢復了，我們再出發。」

「警察局！控告！」蛤蟆夢囈般地喃喃自語，「要我去控告上天賜予的那個美妙禮物嗎？修理馬車？我永遠也不需要馬車了！永遠也不要再看見它，不要再聽見關於它的什麼事了。噢，河鼠，你不知道，你能同意和我一起旅行，我內心是多麼感激！要是你不同意的話，我也不會來的，那麼我就永遠都看不到——那隻天鵝，那道陽光，那聲雷鳴！永遠也聽不到那迷人的聲響，聞不到那醉人的氣味了！多虧了你呀，我最好的朋友！」

河鼠失望地轉過臉去。「你看到了嗎？」他隔著蛤蟆的頭對鼴鼠說，「他簡直無藥可救了。算了，到了鎮上，我們就去火車站，運氣好的話，或許能趕上最後一班火車，今晚就能回到河岸了。以後我再也不跟這個煩人的傢伙一起玩了！」他哼了一聲，在之後的跋涉途中，也只跟鼴鼠一個人說話。

一到鎮上，他們就直奔火車站，把蛤蟆安置在了二等候車室，還花兩便士雇了一位搬運工牢牢看住他。接著，他們把馬寄放在旅店的馬廄裡，並盡可能地安頓好了馬車和裡面的東西。最後一列慢車把他們帶到了離蛤蟆莊園不遠的一個車站。他倆便把神情恍惚、昏昏沉沉的蛤蟆送到了家門口，並囑咐管家給他吃點東西，又幫他脫掉衣服，照顧他上床睡覺。然後，他們把自己的小船從船庫裡划了出來，順流而下划到了自己家。直到很晚在舒適的臨河客廳裡吃上晚飯，河鼠才算是舒服地放鬆了下來。

到了第二天傍晚，賴床了一上午、又整日散漫的鼴鼠，正坐在河邊釣魚。河鼠剛從朋友那裡串門回來，順道過來跟鼴鼠搭話。「那個新聞你聽說了嗎？」他說，「整條河上都在談論這件事。蛤蟆今天一大清早就搭車進城去了。他訂購了一輛又大又昂貴的汽車。」

3 原始森林

鼴鼠早就想認識獾了，人人都說，獾是個重要人物。雖然他難得露面，但這一帶所有居民總是無形中受到他的影響。

但每當鼴鼠向河鼠提及他這個願望時，河鼠就開始推三阻四。「沒問題，」他總是說，「獾總有一天要出現的——他經常出現——到時候我就把你介紹給他認識，他真是個大大的好人啊！不過，你可別讓他發現你在找他，只能裝作是偶遇。」

「可以邀請他來這裡做客嗎——吃頓晚餐什麼的？」鼴鼠問。

「他不會來的，」河鼠簡單地說，「獾最討厭社交、請客吃飯這樣的事情了。」

「好吧，那要是我們專門去拜訪他呢？」鼴鼠提議說。

「噢，我敢肯定他也絕對不會喜歡這樣，」河鼠驚恐地說，「他非常害羞，這樣做，一定會惹他生氣的。連我都從沒貿然去過他家裡，雖然我跟他都已經那麼熟了。再說了我們也沒法去看他，這根本不可能，因為他住在原始森林的最中央。」

「好吧，就算他住在那種地方，」鼴鼠說，「你知道，你說過原始森林並沒有那麼可怕。」

「哦，我知道，我知道，它是沒有那麼可怕，」河鼠躲閃著說，「不過我想我們現在還是不去的好，畢竟路途遙遠，無論如何，每年的這個時候他也不會在家的。只要你耐心等待，總有一天他會出現的。」

鼴鼠只好聽從，但是獾卻一直沒有出現。儘管這樣，每天也有各種各樣的趣事。夏天早已過去，外面冰天雪地，道路泥濘不堪，他們倆大部分時候只好待在屋子裡面。漲滿的河水從窗外奔流而過，速度快得像是在嘲笑他們還企圖划船出遊。這時候，鼴鼠才又時不時想起那隻孤單的灰獾，那隻獨自一人住在原始森林深處洞穴裡的灰獾。

冬天的時候，河鼠很貪睡，每天早睡晚起。在短暫的白天裡，他有時隨便寫點詩歌，有時在家裡做點零碎的家事。當然，總有些動物前來串門聊天。他們談論了很多關於去年夏天的趣聞軼事，互通消息和意見。

當他們回顧夏天發生的一切時，才發覺那是多麼美妙多彩的一章啊！一幕幕猶如繽紛豔麗的插圖。

河岸兩邊的遊行隊伍有序行進，就像一幅幅風景畫接連展開。紫色的千屈菜最先登場，垂掛在溫柔如鏡的河水邊，搖曳著她那錦簇般的花朵，倒映在水中的臉，又回過頭來朝她們微笑。緊接著上場的是靜謐沉思的柳蘭，好似黃昏時分那一抹粉色的雲霞。紫色與白色的雛菊手牽著手，偷偷蔓延開來，在岸邊占了一席之地。最後，在一個普通的早晨，害羞的野薔薇姍姍來遲，步履輕盈地走上舞臺。這時，就像弦樂以它壯麗的和絃轉入嘉禾舞曲一般，大自然向世人宣告：六月終於來到了。

隊伍裡還有一個夥伴沒有到，就是水仙女所追求的牧羊少年，他是淑女在窗邊等待著的騎士，用吻喚醒沉睡夏天的生命與愛情的王子。當溫文爾雅、香氣撲鼻的繡線菊身穿琥珀色緊身短上衣，優雅地走到他所在隊伍的位置上時，好戲就開場了。

那是多麼精彩的一齣戲啊！當狂風暴雨拍打著門窗時，睡眼惺忪的動物就怡然自得地躲進自己的洞裡去，回想著風聲凜冽的早晨。日出前一小時，白霧尚未散去，氤氳飄蕩在水面之上。接著，灰色幻化為金色，大地上再一次色彩紛呈。

清早下水的刺激、河岸邊奔跑的歡愉，這一切都令動物感到大地、空氣和水是那麼絢麗奪目。他們回想起炎熱的中午時分，在綠色的灌木叢深處昏昏入睡，陽光穿透樹葉，灑下一片金色光線和光點；回想起下午在河中愉快地划船和游泳，沿著塵土飛揚的小路，穿越金黃色的麥田，自由自在地漫步；還回想起在漫長涼爽的夜晚，大家齊聚一起，交流著友情，為明天的新冒險做準備。在一晃而過的冬日白晝，動物圍著火爐滔滔不絕。

不過鼴鼠還是有很多閒暇時間的。有一天下午，當河鼠坐在扶手椅上，對著爐火時而打盹，時而編著不成韻的詩歌時，鼴鼠就打定了主意，要獨自出門去原始森林裡探險，說不定還能認識那位獾先生呢。

那是一個寒冷安靜的下午，鼴鼠悄悄溜出溫暖的客廳，來到外面。頭頂上的天空泛著鐵灰色，四周的田野上光禿禿的，樹上一片葉子都沒有。他覺得自己從來沒有看得這麼遠、這麼透徹，一直穿射到萬物的內部。

此時大自然進入她一年一度的沉睡之中，彷彿是在夢中蹬掉了身上的衣服。灌木叢、小山谷、亂石坑和各種隱蔽的地方，在樹木蒼翠的夏天曾是神祕的探險之地，如今卻把它們的祕密全都暴露無遺，好像在乞求他忽略那暫時的荒蕪破敗，直到來年，再一次沉浸在華麗的化裝舞會中，用老一套的伎倆來哄騙他、誘惑他。

一方面說來滿令人同情的，另一方面又叫人興奮。他很樂於看到田野褪去華服後那不加修飾的、樸實原始的模樣。這樣他就能夠進入大地裸露骨骼的深處，如此美好、結實、純粹。他不要那暖融融的苜蓿和搖擺結籽的青草，不要山楂樹籬的遮掩，不要山毛櫸和榆樹浪花翻滾似的帷幕，它們最好都離得遠遠的。

他興致勃勃地朝著原始森林快步前進。原始森林開始低壓壓、黑漆漆地橫亙在他前面，如同隆起在平靜南海裡的一塊黑色礁石。

剛踏進原始森林的時候，他似乎無所畏懼。枯樹枝在腳下吱嘎作響，橫七豎八的樹幹絆住他的步伐，樹椿上的蘑菇像是漫畫中的鬼臉，由於它們和某種熟悉又遙遠的東西太相似，他嚇了一大跳。然而，這一切又令他興奮不已，引領著他進入原始森林。光線越來越少，樹越來越密，兩邊的洞穴對他張開醜陋的嘴巴。暮色環繞周身，光線如退潮般傾瀉而去。

就在這時，開始出現一張張鬼臉。

鬼臉出現在他肩膀後面，他覺得隱隱約約看到了一張面孔：一張凶惡的楔形小臉，正從一個洞裡盯著他看。等到他轉過身來定睛瞧時，卻又忽然不見了。

他加快了步伐，告誡自己不要胡思亂想，否則怪事就沒完沒了。他經過一個又一個洞口。然後，是的！——不是！——是的！的確有一張又尖又窄的臉，一雙凶狠的眼睛，在一個洞裡閃了一下隨即消失了。

他猶豫了片刻，然後強打著精神繼續向前走。接著，突然間，遠遠近近幾百個洞裡都鑽出一張臉，忽而出現，又忽而消失，全都用惡狠狠的目光盯住他，看起來凶神惡煞，銳利極了。

他想，只要能離開坡上的那些洞穴，就再也看不到這些臉了。於是，他離開小路，拐彎奔向森林中杳無人跡之地。

接著，開始出現了哨音。

剛聽到時，這聲音是微弱而尖細的，像是從他身後很遠很遠的地方傳來，迫使著他加速前進。緊接著，剛才還很微弱尖細的聲音，卻在他前方的遠處響了起來，令他猶豫不決，想要往回走。正當他躊躇時，這聲音在他耳朵兩邊響了起來，此起彼伏，相互接應，穿過整片森林直到盡頭。不管是什麼動物，很顯然，他們早就警覺起來，做好了準備。但他卻單槍匹馬，赤手空拳，孤立無援。轉眼，黑夜已經快要到來了。

然後，啪嗒啪嗒的聲音響了起來。

起先，他以為只不過是落葉輕柔的聲音。但隨後，那聲音越來越大，伴隨著一種均勻的節奏。於是他明白，這聲音只有可能是小腳爪落在地上的啪嗒聲，慶幸的是他們還離得很遠。是在前面還是在後面呢？一開始聽起來像在前面，過會兒又像在後面，再一會兒又好像前後都有。他惶惶不安地豎起耳朵，四處打聽，那聲音越來越嘈雜，漸漸地從四面八方向他包圍過來。

正當他全神貫注地傾聽時，一隻兔子突然穿過樹林朝他奔來。他愣在原地，指望著兔子能放慢腳步，或者拐彎跑到別處去。相反，兔子從他身邊飛奔而過，幾乎快擦到他身上。兔子臉色陰沉，怒目圓睜：「滾開，你這個笨蛋，滾開！」鼴鼠聽見他嘀咕了一聲，然後繞過一個樹墩，鑽進了不遠處的一個洞穴裡，不見了。

啪嗒聲越來越響，如同驟來的冰雹打在周圍厚厚的枯樹葉上。整片森林都像是在狂奔著，追逐著，圍捕著什麼東西，也許是——什麼人？他驚慌萬分，也開始漫無目的地跑起來，一會兒撞上什麼東西，一會兒又摔倒在什麼東西上，一會兒落到什麼東西裡，一會兒從什麼東西下面穿過，一會兒又繞過什麼東西。

最後，他躲進了一株老山毛櫸樹下黑暗深邃的洞穴裡。也許這個洞很安全，但誰又知道呢?無論如何，他已經累得再也跑不動了，只能蜷縮在山洞裡，在風吹來的枯樹葉上避一避難。他躺在那裡氣喘吁吁，渾身戰慄，又聽見了外面此起彼伏的哨聲和啪嗒聲，才終於如夢初醒。

原來田野上和樹叢裡的小動物最害怕碰上的那種傢伙，河鼠曾費盡心思想要他躲開的東西，就是——原始森林的恐怖!

而這時候，河鼠正坐在爐邊打著瞌睡，沐浴著一片溫暖和舒適。那張寫了一半詩歌的紙從膝上滑落下來。他向後垂著腦袋，張著嘴巴，正悠然地漫步在他的夢河邊。這時，一塊煤骨碌碌滾了下來，在爐中劈啪一聲響，迸出一股火焰，一下子把他從夢中驚醒。他忽然回想起之前在做的事，趕忙從地上撿起他那半首詩，絞盡腦汁琢磨了一陣，然後回過頭來想找鼴鼠想個押韻的好詞。

可是鼴鼠不在客廳裡。

他連著叫了好幾聲「鼴鼠!」沒人回答，只好站起來到門廳裡瞧瞧。鼴鼠經常掛帽子的鉤子上，空空如也。一向放在傘架旁的那雙靴子也不見了蹤影。

河鼠走出屋子，仔細觀察外面泥濘的地面，希望能發現鼴鼠的一點蛛絲馬跡。腳印是找到了，一點沒錯。那靴子是新買來準備過冬的，所以突起的痕跡清晰可見。河鼠看到那腳印目的明確，是直接奔向原始森林去的。

河鼠的臉陰了下來，站著沉思了一兩分鐘。然後他轉身走進屋子，在腰間繫上一根皮帶，插進兩把手槍，又抓起大廳角落裡的一根粗木棍，快步朝原始森林走去。

當他走到森林邊的第一排樹時，天色已經暗下來了。他依然毫不猶豫地鑽進森林，焦急地左顧右盼，尋找著朋友的蹤跡。

到處都有邪惡的小臉從洞口探出來張望，但一看到這位威猛的動物和他腰間的手槍，以及手中不好惹的粗木棍，就馬上縮回去不見了。剛進林子時分明聽到的哨聲和啪嗒聲也都停了，一切又都重歸寧靜。於是，他果斷地穿過整片森林，一直走到最盡頭，然後放棄所有的小路，橫穿過森林。他不放過地上的每一個角落，不停地叫喚著：「鼴鼠，鼴鼠，鼴鼠！你在哪？我來了——你的河鼠來了！」

他在樹林中穿梭尋找了一個多小時，最後總算聽到了一聲微弱的回答。河鼠抑制不住內心的興奮，沿著聲音傳來的方向飛奔，穿過越來越深的黑暗，一路來到一棵老山毛櫸樹腳下。

果然，從那樹洞裡傳出一個虛弱的聲音：「河鼠！真的是你嗎？」

河鼠爬進洞裡，見到了此時已經筋疲力竭、渾身顫抖的鼴鼠。「哎呀，河鼠呀！」鼴鼠喊道，「簡直把我嚇壞了，你真是無法想像！」

「噢，我完全理解，」河鼠安慰他說，「你真的不該就這麼來的，鼴鼠。我曾極力勸阻過你的。我們住在河岸邊的動物幾乎從不單獨來這裡。哪怕要來，也得帶上個同伴，才不會出事。而且，想要來這裡，你必須精通上百個門道，這些我們都懂，但是你不懂呀。我指的是那些有效的暗號、標記、口訣，衣袋裡要帶上植物，某些詩句要反覆背誦，還有躲避危險的方法和技巧要經常練習。你要是學會了，一切就都迎刃而解了。身為一隻小動物，這是你必須知道的，不然就會遇到麻煩。當然了，如果你是獾或水獺的話，就另當別論了。」

「勇敢的蛤蟆先生，他一定不會害怕獨自到這裡來吧？」鼴鼠問。

「蛤蟆？」河鼠哈哈大笑著說，「他自己才不會在這裡露臉呢，哪怕你給他整整一帽子的金幣，他也不會來的。」

聽到河鼠爽朗的笑聲，再低頭看到他手中的棍子和閃亮的手槍，鼴鼠這才重新鼓起勇氣來。他不再發抖，壯了壯膽子，慢慢恢復了原樣。

「現在，」河鼠立馬說道，「我們真的必須振作起精神來，趁天還有點亮，連夜趕回家去。千萬不能在這裡過夜，你懂的。至少有一點，這裡太冷了。」

「親愛的河鼠，」鼴鼠可憐巴巴地說，「實在對不起，但我真的已經筋疲力盡，動彈不得了。如果非要讓我走回家的話，得允許我在這裡多休息一會兒，恢復一下體力。」

「噢，好吧，」善解人意的河鼠說，「那就再休息一下吧。反正天已經差不多全黑了，再過一會兒就有點月光了。」

於是，鼴鼠鑽進枯樹葉中，伸開四肢躺了下來，很快就睡著了，儘管睡得不是特別安穩。河鼠也盡量把身子蓋暖和，躺在鼴鼠旁邊耐心等待，爪子裡的手槍握得緊緊的。

鼴鼠終於醒來了，精神好多了，又恢復了他平日裡那股神氣的樣子。河鼠說：「好了！我先去外面看看是不是安全了，然後我們該走了。」

河鼠爬到洞口，探出頭去向外張望。鼴鼠聽見他喃喃自語道：「呵，呵，這裡……掉……掉了！」

「掉什麼，河鼠？」鼴鼠問。

「掉雪了，」河鼠簡短地回答，「或者說是，下雪了。雪下得還滿大的呢。」

鼴鼠鑽出來蹲在他身旁，向外望去，只見那片曾經嚇得他魂飛魄散的森林完全變了樣。洞穴、樹洞、池塘、陷阱，和其他一些嚇唬過路人的東西全都瞬間消失了。一張閃閃發光的仙毯覆蓋了整座大地。這仙毯看起來精美絕倫，叫人捨不得用粗笨的腳去踩它。漫天飛舞的細膩雪花，溫柔地撫摸著他們的臉龐，弄得他們直發癢。地面上澄亮的雪光，映照著天空中黝黑的樹幹。

「唉，唉，沒有別的方法了，」河鼠思考了一會兒說，「我看我們還是先動身，碰碰運氣吧。現在最糟的是，我不能確定我們身在何處了。這場雪，把一切都變得陌生極了。」

的確是這樣。鼴鼠完全認不出來這是原來的那片森林。不過，他們還是選擇了一條看起來最可靠的路線，裝出一副無所畏懼的興致勃勃樣，互相攙扶著勇敢出發了。每每碰見冷冰冰、沉默不語的樹，他們還是都裝作碰見了老朋友一樣；面對眼前白雪皚皚的曠野，或是千篇一律的黑色樹幹，都裝作看到了熟悉的空地、缺口或小路。

一兩個鐘頭之後——也弄不清楚時間了——他們停了下來，垂頭喪氣，疲倦不堪，不知下一步該怎麼走。於是，他們在一根橫倒的樹幹上坐了下來，喘了口氣，開始考慮接下來的安排。此刻的他們，都已經累得腰酸背痛，摔得渾身是傷。好幾次，他們都掉進了洞裡，渾身上下都溼透了。雪已經積得很深，一直到他們的小腿肚。樹越來越稠密，也越來越分不清哪棵是哪棵。森林好像無邊無際，沒有盡頭，處處相似，最糟糕的是，他們找不到一條走出森林的路。

「我們不能久留，」河鼠說，「得再加把勁，想點別的法子。天寒地凍的，雪很快就會越來越深，到時候我們想走也走不了。」他看著鼴鼠，思索了好一會兒，接著說道，「我有個想法，你看，在我們前面有一座小山谷，那裡有許多小丘陵、小山丘。我們到那裡去找一個藏身之處，乾燥的洞穴或是洞口都行，先在裡面避一避風雪，養精蓄銳，等到體力恢復了再出發。

我們都已經快累趴了。再說，雪很有可能會停，到時候就會出現另一番情況了。」

於是他們又站了起來，掙扎著向山谷裡走去，試著尋找一個山洞或者一個乾燥角落，好躲避一下刺骨的寒風和飛舞的雪花。當他們正在勘察河鼠提到的一個小丘陵時，鼴鼠突然絆了一跤，摔倒在地。

「哎喲，我的腿！」他大聲慘叫，「哎喲，我可憐的小腿！」他一屁股坐在雪地上，用兩隻前爪護住一條腿。

「可憐的鼴鼠！」河鼠關切地說，「你今天好像運氣不太好呀，是吧？讓我來看看你的腿。」他跪下來仔細檢查後說道，「沒錯，你的小腿確實受傷了，讓我把手帕找出來幫你包起來。」

「我一定是被埋在雪裡的樹枝或是樹樁絆倒了，」鼴鼠可憐兮兮地慘叫著，「哎喲！哎喲！」

「這道傷口很整齊，」河鼠重新檢查後說，「絕對不是樹枝或樹樁劃破的。看起來像是被一樣金屬東西的鋒利邊緣劃的。太奇怪了！」他沉思了一會兒，又去觀察了一圈周圍的丘陵和斜坡。

「好了，管它是什麼造成的，」鼴鼠痛得話都說不通順了，「不管是什麼劃破的，反正一樣痛。」

然而，河鼠用手帕把他的傷腿仔細包紮完後，就丟下他，忙著在雪裡挖了起來。他又刨又鏟又掘，忙個不停，而鼴鼠則在一旁不耐煩地等著，時不時插上一句：「噢，河鼠，算了吧！」

突然，河鼠歡呼起來：「萬歲！」接著又大叫，「萬歲──萬歲──萬歲──萬歲！」他高興地在雪地裡手舞足蹈起來。

「你找到什麼了，河鼠？」鼴鼠抱著他的傷腿問道。

「快過來看呀！」心花怒放的河鼠邊說邊跳著舞。

鼴鼠一瘸一拐走到那裡，仔細看了看。

「好吧，」最後他慢吞吞地說，「我看清楚了。這東西我以前見多了，不過就是件尋常的物件。一個大門口的刮泥器而已！有什麼值得大驚小怪的？你為什麼圍著一個刮泥器跳舞？」

「難道你還不明白這意味著什麼嗎？你呀──你真是個傻子！」河鼠不屑一顧地說。

「我當然明白了，」鼴鼠回答，「這只能說明有個粗心的傢伙，他記性很差，把自家門口的刮泥器丟在原始森林裡了，還偏偏就扔在了人人都會絆倒的地方。我說他也太沒腦子了。等我回到家，我非向──向什麼人──告他一狀不可，你信不信我會這麼做！」

「噢，天哪！噢，天哪！」看到鼴鼠這麼死腦筋，河鼠絕望地喊道，「好了，不要嚷嚷了，快來跟我刨雪吧！」說著他又手忙腳亂地忙了起來，刨得雪花四面飛濺。

一番埋頭苦幹後，終於換來了結果，一塊破舊的門墊露了出來。

「看吧，我跟你說什麼呢？」河鼠得意地歡呼起來。

「這根本什麼也不是。」鼴鼠一本正經地說，「現在好了，」他繼續說，「你又發現了一件被人用壞扔掉的家庭廢物，我猜你一定開心得很。你要是想圍著它跳舞的話，最好趕緊跳，跳完我們好繼續趕路，可不要為這堆破垃圾再浪費時間了。一塊門墊能當飯吃嗎？能蓋著睡覺嗎？能做成雪橇滑回家嗎？你這隻叫人生氣的齧齒動物！」

「你當真這麼認為？」河鼠興奮地喊道，「這塊門墊沒告訴你任何問題嗎？」

「真的，河鼠，」鼴鼠煩躁地說，「我覺得，這種荒唐遊戲我們已經玩夠了。一塊門墊能告訴我們什麼？門墊根本什麼也不會說。它們根本不是那種角色。門墊知道自己的身分。」

「你現在給我聽著——大蠢蛋，」河鼠嚴肅地回答，這回他是真的生氣了，「馬上閉嘴！一個字也不准說了，你只管刨，挖，掘，四處找，特別是小丘陵周邊。今晚你要是想睡在一個乾淨溫暖的地方的話，這是最後的機會了！」

河鼠對著他們身邊的一處雪坡猛攻。他拿起粗棍子亂掘一番，接著用爪子拚命挖下去。鼴鼠也刨了起來，不為別的，只是為了河鼠，因為此刻，他相信他的朋友腦袋有點糊塗了。

埋頭苦幹了大約十幾分鐘，河鼠的木棍子敲到了一處地方，聽起來像是空洞的聲音。於是他一直往裡挖，直到能把爪子完全伸進去為止。接著，他叫來鼴鼠幫忙。兩隻動物一起努力。

最後，他們的勞動成果赫然出現在眼前，把一直持懷疑態度的鼴鼠驚得目瞪口呆。

就在雪坡的旁邊，立著一扇看起來很結實的墨綠色小門，旁邊的鐵拉鎖上掛著門鈴，門鈴下面有一塊小小的銅牌，上面工工整整地刻著幾個方形大字。藉著月光，可以讀出來是：獾先生。

鼴鼠又驚又喜，仰面倒在了雪地上。「河鼠！」他懊悔地喊道，「你真是個了不起的傢伙！真的了不起！就是你！現在我都明白了！從我摔傷了腿的那一刻起，你就一步一步證明了自己的判斷。一看我的傷口，你那個機靈的腦袋就馬上想到『是刮泥器弄的！』接著你就去找到了那個刮泥器！你是不是就此打住了呢？不，換做別人說不定已經心滿意足了，但是你沒有。你繼續轉動腦筋，對自己說：『只要再找到一塊門墊，判斷就可以得到證實了！』門墊真的找到了。你簡直太聰明了，我相信，你能找到任何你想要的東西。『現在，』你說，『很明顯，那門一定在這裡，就像我清楚地看到了一樣，接下來唯一要做的，就是把門找出來！』嗯，這種事，我只在書裡讀到過，現實生活中可從沒碰上過呢。你應該到能真正獲得賞識的地方去。待在這裡，在我們這群動物之中，簡直太大材小用了。要是我能擁有你那個腦袋，河鼠——」

「既然你沒有的話，」河鼠毫不客氣地打斷他的話，「還打算在雪地裡坐上個通宵，嘮叨個沒完嗎？趕快起來，用力去拉那根鈴繩，能用多大力就用多大力，我負責砸門！」

河鼠拿起棍子敲打著門，鼴鼠撲上去一把抓住鈴繩，兩腳離地，整個身子都懸掛在了繩子上。然後，他們隱約聽到一陣低沉的鈴聲從遠處響了起來。

4 獾先生

他們耐心等待了似乎有好一會兒，冷得在雪地裡不停跺腳。最後，他們聽到從裡面傳來慢吞吞的拖鞋趿拉聲，離門口越來越近。正如鼴鼠說的，這聲音像是有人拖著毛氈拖鞋在走路，鞋子太大，而且破舊。鼴鼠很聰明，事實證明，他說得一點都沒錯。

裡面響起了拉門閂的聲音，接著，門開了幾英寸寬的縫，剛好露出一隻長長的嘴巴。一雙睡意朦朧的眼睛正半開半閉地盯著他們。

「哼，下次要是再發生這樣的事，」一個粗獷又疑惑的聲音說，「我可真要發脾氣了。這回是誰呀，這麼大半夜的把人吵醒？快說吧！」

「獾，」河鼠叫道，「請你讓我們進去吧。我是河鼠呀，還有我的朋友鼴鼠，我們在雪地裡迷路了。」

「噢，是河鼠，我親愛的小弟！」獾立馬換了個語氣，「你們兩個快進來。哎呀，一定累壞了吧。我可真沒想到！你們居然在雪地裡迷了路！而且是在半夜三更的原始森林裡！快進來吧。」

兩隻動物爭先恐後要進去，還互相絆了一跤。直到聽到背後「砰」的關門聲，才覺得心裡踏實快慰起來。

只見獾身穿一件長睡袍，腳上的拖鞋果然很破舊。他用爪子舉著一個平底蠟燭臺，想是他們敲門時大概剛要上床睡覺。他慈祥地低頭看著他們，拍拍他倆的腦袋。「像你們這種小動物不該在夜裡出門的，」他如父親一般慈愛地說，「我擔心你們又在胡鬧了，河鼠。快跟我來吧，我們到廚房去。那裡有一大爐好火，還有應有盡有的晚餐。」

獾舉著蠟燭，拖著鞋走在前面，他倆跟在後面，彼此心領神會地碰碰手肘往前走。他們滿懷期待地走進了一條狹長、幽暗又破舊的走道，來到一間看似中央大廳的屋子。在這裡，還可以依稀看到一些分杈出去的樹枝狀隧道。那些隧道深邃神祕，望不到盡頭。大廳裡還有幾扇門——看起來舒服又結實的橡木門。獾推開了其中的一扇門，他們立刻發現自己來到了一間爐火通明、暖意洋洋的大廚房裡。

地上鋪著紅磚，明顯已經被踩得很舊了，寬大的爐膛裡燒著木柴，壁爐鑲嵌在牆裡，任外面的風怎麼吹都刮不進來。壁爐的兩邊，面對面擺放著一對高背扶手椅，顯然是為了方便客人圍爐聊天準備的。在房間的正中央，立著一張撐在支架上還沒有上漆的木板長桌，兩邊擺放著長板凳。餐桌的一端，一張扶手椅已經被推回原位，桌上還擺著獾先生吃剩下的晚餐，雖然是家常菜，卻很豐盛。廚房盡頭的櫥櫃上，整齊地擺放著一疊疊潔白無瑕的餐盤，好似對人眨著眼睛；頭頂的椽子上，吊下來一隻隻火腿、一捆捆乾香草、一袋袋洋蔥、一籃籃雞蛋。

這地方看起來非常適合凱旋的英雄大擺宴席；或是辛勤勞動後滿載而歸的農民圍坐在一起飲酒高歌，慶祝豐收；也可以是兩三個興致勃勃的好友歡聚一堂，愜意地邊吃東西邊抽菸聊天。紅色的地磚朝著煙霧繚繞的天花板微笑；長久使用、被磨得晶亮的橡木長凳高興地互相對視；櫃子裡的盤子對著碗架上的鍋盆咧嘴壞笑；歡暢的爐火閃爍跳躍，一視同仁地照耀著屋子裡的所有事物。

好心的獾把他倆按在高背長凳上，讓他們坐下來烤火，叮囑他們把溼衣服、溼鞋子脫下來。接著又給他們送來睡衣和拖鞋，還親自用溫水幫鼴鼠洗小腿，最後用膠布貼好傷口，直到所有事情都處理妥當，圓滿收尾。在光和熱的懷抱裡，他們的身子終於又變得乾燥而溫暖了，直直地向前伸展四條酸痛的腿，聽著從背後傳來的杯盤誘人的叮噹撞擊聲。這兩隻被暴風雪折騰慘了的動物，現在終於躲進了安全的避風港。不久前才擺脫的寒冷荒蕪的原始森林，已經離他們遠去，之前遭受的種種磨難彷彿成了一個快要忘卻的夢境。

等到他們徹底烘乾了，獾就請他們到餐桌上吃飯。他已經為他們準備好了晚餐。兩隻動物早已飢腸轆轆了，然而當真看到琳琅滿目的晚飯擺在眼前的時候，卻不知道該從哪一樣下手了。每樣食物看起來都叫人饞涎欲滴，先吃了這樣，不知道其他的還會不會乖乖等著他們去光顧。有好一會兒，他們根本顧不上聊天。剛要重新聊上時，又因為嘴巴裡塞滿了食物顯得怪沒禮貌的。好在獾對這樣的禮節一點也不介意，也不在乎他們把手肘放在桌上，或者幾個人搶著說話。他自己不喜歡參與社交生活，久而久之形成了一個觀念，認為這些事情沒什麼重要的。（我們當然知道他錯了，眼界太狹隘了；因為適當的禮儀還是必要的，但是要解釋清楚卻很浪費時間。）他坐在桌子一端的扶手椅上，聽著兩隻動物敘述著他們的遭遇，不時鄭重地點點頭。不管說什麼，他都不會流露出驚異的神色，也從來不會說「我早就告訴過你們了」或是「我一直都這麼說」，抑或是教育他們該怎麼做、不該怎麼做。鼴鼠開始對他產生了好感。

晚飯終於吃完了，他倆都覺得肚皮脹脹的，又無比的安全，對什麼人或事都無所謂了。他們又圍坐在火光熊熊的大柴堆旁，心想享受著夜晚的時光，享受著自由自在、豐衣足食的生活，是多麼愜意啊。

閒聊了一陣之後，獾熱心地說：「好了，跟我講講你們那邊的新鮮事吧。蛤蟆老弟怎樣了？」

「噢，越來越糟糕了，」河鼠嚴肅地說。鼴鼠這時正靠在高背凳上，烤著爐火，腳翹得比頭還高，盡力擠出幾絲合乎情理的悲傷神情。「上星期他又出了一次車禍，撞得可厲害了。你看，他硬要自己開車，但技術上又不能勝任。要是他去雇一個正經穩當、訓練有素的動物，支付他高薪，把一切都交給他安排，這也行。但他偏不，還自以為是個無師自通的天才司機，也不去向人虛心請教，車禍就接踵而至了。」

「他有多少了？」獾陰著臉問。

「撞車事件，還是買的車？」河鼠問，「噢，對蛤蟆來說反正都一樣。這是第七次了。至於其他的——你知道他的那座車庫吧？哼，已經全都堆滿了——半點也不誇張，一直堆到屋頂上——汽車破爛碎片，沒有一件碎片大過你的帽子！這就是另外六次的歸宿——如果這稱得上是歸宿的話。」

「光是醫院他就住過三次，」鼴鼠插嘴說，「至於他要付的罰款嘛，想想都覺得可怕。」

「是啊，這還只是麻煩的一方面，」河鼠接著說，「我們都知道蛤蟆有錢，但他也不是百萬富翁呀。如今他成了一個令人絕望的蹩腳司機，根本不管法律和交通規則。日後不是送命就是破產——兩個結果他肯定占一個，遲早的事。獾呀！我們都是他的朋友，不該拉他一把嗎？」

獾苦苦思索了一陣。「是這樣的，」最後他嚴肅地說，「你們也知道，現在我是愛莫能助啊！」

兩位朋友完全同意他的說法，也都理解他的苦衷。按照動物界的規矩，在冬閒時節，是沒法指望任何動物去做任何吃力費勁、見義勇為的事情的，哪怕只是稍稍活躍的行為。所有的動物都昏昏欲睡，有一些是真的睡著了。他們或多或少都因為氣候的關係，正在艱難度日，調養生息。在前一些日子裡，他們的精力都差不多消耗殆盡，每一塊肌肉都緊繃著。

「那好吧！」獾繼續說，「不過，等到新的一年真正開始，夜晚逐漸變短的時候，睡到半夜就覺得渾身不舒服，巴不得天一亮就起來做點什麼，到那時就可以——你們懂的！」

兩隻動物鄭重地點點頭。他們完全明白！

「好了，到那個時候，」獾接著說，「我們——就是你和我，還有我們的朋友鼴鼠——要對蛤蟆嚴加管束，不准他再胡來了。要讓他恢復理智，必要的時候加以強制。我們要讓他變成一隻頭腦清醒的蛤蟆。我們要——你睡著了，河鼠！」

「我才沒有！」河鼠顫抖了一下，猛地驚醒。

「晚飯過後，他已經睡著兩三次了。」鼴鼠哈哈笑著說。他自己卻很清醒，甚至異常興奮，雖然他也不明白是何原因。原因當然是他本來就是一隻在地下土生土長的動物，獾的屋子正合他心意，讓他覺得就像在家裡一樣。而河鼠每天晚上都睡在自己的臥室裡，敞開窗戶外面就是一條微風習習的大河，自然會覺得這裡的空氣靜止而壓抑了。

「好吧，該上床睡覺了，」獾說著，起身拿起平底蠟燭臺，「你們兩個跟我來，我帶你們到房間去。明天早上不用急著起床——早餐隨時恭候。」

他把兩隻動物領到一間一半像臥室，一半像貯藏室的長條形房間。獾的過冬貯備隨處可見，占了半個房間——一堆堆的蘋果、蘿蔔、馬鈴薯，一籃籃的堅果，一罐罐的蜂蜜；空出來的地板上擺放著兩張潔白的小床，看起來柔軟舒服。床上鋪著的被褥雖然粗糙，卻很乾淨，散發一股淡淡的薰衣草香味。才半分鐘，鼴鼠和河鼠就甩掉了身上的衣服，滿心歡喜地一骨碌鑽進被窩。

遵從了好心的獾的叮囑，兩隻疲倦的動物睡到第二天早上很晚，才下樓去吃早餐。他們看到廚房中已生起了熊熊爐火，有兩隻小刺蝟正坐在餐桌旁的一張板凳上，捧著木碗吃燕麥粥。刺蝟一見他們進來，便立馬放下湯匙站起來，恭恭敬敬地向他們鞠了一躬。

「可以了，坐下，坐下，」河鼠高興地說，「繼續吃你們的粥吧。你們這兩個小傢伙是從哪裡來的？我猜是不是也在雪地裡迷了路？」

「是的，先生，」年紀稍長一些的那隻恭敬地回答，「我和小比利想要去找上學的路——媽媽非要我們去上學不可，說天氣一向如此——我們當然就迷路了。先生，比利嚇壞了，哭了起來，他年紀還小，膽子也小。最後，我們誤打誤撞來到獾先生家的後門，壯著膽子敲門。先生，誰都知道，獾先生是一位好心腸的紳士。」

「我明白。」河鼠邊說邊切下了幾片熏肉薄片。此時，鼴鼠又往煎鍋裡打進幾個蛋。「外面的天氣怎麼樣了？還有，你不用一直叫我『先生』。」河鼠加上一句。

「噢，糟透了，先生，雪深得可怕，」刺蝟說，「像你們這樣的大人物，今天可千萬別出門了。」

「獾先生到哪裡去了？」鼴鼠邊問邊在爐火上熱著咖啡。

「老爺子到他的書房去了，先生。」刺蝟回答說，「他說今天早晨他非常忙，叫我們不要去打擾他。」

對於這個解釋，在場的每個人也都心領神會。事實上，正如之前所說的，一年當中你有六個月處在極度活躍的生活中，而另外六個月則處在半睡半醒或是完全睡著的狀態，在後一段時間裡，如果需要接待客人或者處理事情的話，你也不能老是以要去睡覺這種無聊的藉口作推脫吧。動物都很瞭解獾，他飽餐一頓後，就回到書房裡，躺進扶手椅中，兩條腿往另一張椅子上一擱，臉上用紅手帕一蒙，就去「忙著」他在一年中這個時候要忙的事了。

前門的門鈴大聲響了起來，河鼠正嚼著奶油土司，滿嘴流著油，他派那隻小刺蝟比利去看看誰在敲門。門廳裡傳來一陣腳步聲，比利回來了，他的身後跟著水獺。水獺撲到河鼠的懷裡，熱情地向他問好。

「走開！」河鼠喊著，嘴裡塞滿了食物。

「我就想一定能在這裡找到你們，」水獺興高采烈地說，「今天早上我去河邊的時候，那裡的動物一片驚慌。他們說河鼠整個晚上都沒有回家，鼴鼠也是——一定是發生了什麼可怕的事。大雪把你們的腳印痕跡覆蓋掉了。可是我知道，當大家碰上麻煩的時候，十有八九都要來找獾，至少獾也會知道點情況，所以我就直接穿過原始森林和雪地，到這裡來了。哎呀，天氣可真不錯！我穿過雪地的時候，紅太陽正升起來，照在黑黝黝的樹幹上。當我在寂靜的森林裡行走的時候，一大團雪出其不意地從樹枝上滑落下來，啪嗒一聲，嚇得我連忙跳著躲開。一夕之間，冒出許多雪堡、雪洞，還有雪橋、雪臺和雪牆——我可以待在那裡玩上好幾個小時。到處是被積雪壓斷的粗樹枝，知更鳥神氣活現地在上面跳躍，好像是他們幹的一樣。成群結隊的大雁，從高高的灰色天空上掠過。幾隻白嘴鴉在樹梢上盤旋著，巡視一遭，又帶著不屑一顧的神情拍著翅膀飛回家去了。但我就是沒遇上一隻可靠的傢伙，可以打聽一點消息。

「大概走了一半路程，我才碰上一隻兔子，蹲在樹樁上，正用爪子洗他那張傻裡傻氣的臉。我悄悄爬到他背後，把前爪往他肩上重重一搭，就把他嚇得魂飛魄散。我給了他腦袋兩巴掌，他才稍微恢復了點理智。從他那裡我終於打聽到，他們中有隻兔子昨天晚上在森林裡看到鼴鼠了。說是在大家在兔子洞裡七嘴八舌談論時聽到的，說河鼠的好朋友鼴鼠迷了路，他們便全都出來追趕，把他弄得團團轉。

「『那他們為什麼不幫他一下？』我問，『也許你們沒什麼腦子，但你們有成百上千個壯如堅石、肥如奶油的同夥，你們的洞穴四通八達，原本可以把他領進洞，好讓他舒舒服服、安全地住下，至少可以一試。』『什麼，我們？』他只是說，『幫幫他？就靠我們這群兔子？』於是我只好又給了他一巴掌，扔下他走了。真是拿他一點辦法也沒有。無論如何，我總算得到了一點消息。要是我當時再碰上他們中的其他兔子，或許就能打聽到更多消息——起碼還能給他們點教訓。」

「你一點也不——呃——不緊張嗎？」鼴鼠問。一提起原始森林，昨天的恐怖情形又襲上心頭。

「緊張？」水獺笑起來，露出一口閃亮堅實的白牙，「要是他們中的任何一個敢把我怎麼樣的話，我就叫他吃不了兜著走！嘿，鼴鼠，幫我煎幾片火腿吧，你是個好小子。我餓壞了，好久沒看到河鼠了，我還有好多話要跟他說呢。」

於是好脾氣的鼴鼠幫他切了幾片火腿，又安排了兩隻小刺蝟去煎，自己則回頭去吃他的早飯了。水獺和河鼠兩個腦袋湊在一起，便興致勃勃地聊著他們河邊老生常談的話題，就像那滔滔不絕的河水。

一盤煎火腿剛被消滅完，正要把盤子遞回去添的時候，獾進來了，他打著呵欠，揉著眼睛，輕聲地向大家問好。「午餐時間到了，」他對水獺說，「留下來跟我們一起吃吧。你一定餓壞了，今天早上太冷了。」

「可不是嗎！」水獺對著鼴鼠擠了擠眼睛，「看到這兩隻嘴饞的小刺蝟吃得津津有味，可把我餓壞了。」

兩隻小刺蝟只吃了點麥片粥，又忙著煎火腿，不一會兒就又覺得餓了。他們膽怯地抬頭望著獾先生，不好意思說什麼話。

「好了，你們兩個小傢伙趕緊回家找媽媽吧，」獾輕聲細語地說，「我找個人給你們帶路，我敢說，你們都不用吃午餐了。」

他給了他們每人六便士，拍了拍他們的腦袋。兩個小傢伙必恭必敬地揮揮帽子，行了個軍禮，就出發了。

其他人隨即都坐下來吃午飯。鼴鼠發現自己被安排在了獾先生身邊，而那兩位還沉醉在他們的河邊閒聊裡，他趁機跟獾說，他在這裡有多麼舒服，簡直跟在自己家裡一樣。「一旦回到地下，」他說，「你就很清楚自己身在何方了，沒什麼可怕的事會發生，也沒什麼東西會撞到你。你完全是你自己的主人，不用跟什麼人商量，也不用管人家的閒言閒語。地面上的事情還是老樣子，任由它去，只要你願意，你就出去，一切都在那裡等著呢。」

獾對著他微微一笑。「這正是我要說的，」他回答。「除了在地底下，哪裡都不太安全，不會有永遠的和平和寧靜。再說，如果你有心想要擴充一下地盤——那麼，你就挖吧、掘吧，那就可以了！如果你嫌房子太大，就堵上一兩個洞，那也行！沒有建築工人、沒有小販，也沒有人爬上牆頭偷看你，對你說三道四，尤其是，不會受天氣影響。

「你看看河鼠吧，河水只要上漲兩英尺，他就不得不搬到租來的房子裡去住，既不舒服也不方便，房租還貴得嚇人。

「再說蛤蟆吧，我承認蛤蟆莊園確實是這一帶最好的房子了，但萬一發生火災——蛤蟆能去哪裡？萬一瓦片給大風吹跑了，或是牆壁倒塌了，裂了縫，又或是窗子被打破了——蛤蟆能去哪裡？要是屋裡倒灌寒風——我最討厭寒風了——蛤蟆又能去哪裡？那可行不通。

「偶爾到地面上去逛一逛，玩一玩，弄點東西回來充實家裡是滿不錯的，但最後還是要回到地下來——這就是我關於家的想法！」

鼴鼠打從心底裡贊同這個說法，很快便贏得了獾的好感。「吃完午飯，」獾說，「我帶著你在這個小地方逛逛，你肯定會喜歡它的。你懂住宅建築應該是什麼樣子，你懂！」

午飯之後，那兩位便圍坐在壁爐邊，就鰻魚這個話題開始了一場激烈的辯論。獾點起一盞手提燈，叫鼴鼠跟著他走。他們穿過門廳，來到一條中心隧道。在手提燈搖曳光線的映照下，鼴鼠隱約看到兩邊大小不一的房間，有些小得像櫥櫃，有些寬大氣派得好似蛤蟆莊園的宴會廳。一條垂直交叉的窄道把他們帶到了另外一條通道上，這裡又再一次出現相同的情況。鼴鼠被這龐大宏偉、四通八達的房子給震驚了。那幽暗的隧道是那樣長，存滿東西的儲藏室的穹頂是這樣堅實。到處都是石頭做的——廊柱、拱門、路面，所有的一切。

「我的天哪！老獾。」他最後感歎，「你竟然有時間精力做這麼多事？真是叫人難以置信！」

「如果這都是我做的話，那確實令人驚訝。」獾平淡地說，「但是事實上，我什麼也沒做，只不過在我需要的時候，把這些通道和屋子清理出來罷了。像這樣的洞穴周圍還有很多。我知道你還沒聽明白，讓我給你解釋。

「事情是這樣的：很久以前，在這片原始森林的土地上，那時候樹木還沒有種下來長成現在的樣子，曾經有過一座城市——人類的城市，你知道。這裡，就在我們站著的地方，他們在這裡生活、行走、交談、睡覺、做生意，在這裡設馬廄，擺宴席，從這裡騎馬出發去打仗，趕車去做買賣。他們是個強大富有的民族，擅長建築。他們建造的房屋能夠保存很久，因此他們一度覺得自己的城市能夠永遠保留下來。」

「後來他們都怎麼樣了？」鼴鼠問。

「誰知道呢？」獾說，「人來了，熱鬧了一陣子，建起了城市，然後又走了。他們總是這樣來了又走，但我們始終在這裡。我曾經聽說，在很久很久之前，在還沒有那座城市的時候，這裡就已經有獾了。而現在，獾依然在這裡。我們是一群有恆心的動物。也許我們會搬出去一段時間，但我們總耐心等待，到最後我們總會回來的。永遠都會這樣。」

「那麼，當他們離開了之後，又發生了什麼呢？」鼴鼠問。

「他們離開以後，」獾接著說，「狂風暴雨年復一年地侵蝕著這地方，說不定我們獾也出了點力，誰知道呢？於是這城市就開始往下陷，陷，陷，漸漸地——坍塌了，變成了一堆廢墟，消失了。接著，一切又生長起來，長呀長，種子長成樹苗，樹苗長成大樹，荊棘和蕨類植物也爬上來湊熱鬧。枯樹葉積得厚厚一層湮沒了一切；冬天冰雪消融時的溪流帶來了淤積的泥沙，覆蓋了整個地面。隨著時間的推移，大自然的家園再一次為我們準備好了，就這樣，我們再一次搬了進來。而在我們頭頂的地面上，也發生著同樣的變化。動物來到這裡，愛上了這地方，也在這裡定居下來，代代繁衍，熱鬧興旺。他們可沒時間操心過去的事情。這地方高低不平，到處都是洞穴，倒是大有益處。他們也從來不管未來會怎樣——說不定未來人類會再一次搬進來，住上一段時間，這很有可能發生。如今，原始森林裡已經住滿了動物，還是老樣子，他們總是有好有壞，也有不好不壞的——我就不說他們的名字了。世界本來就是由各種各樣的動物組成的嘛。不過，我想這回你應該對他們有所瞭解了。」

「我確實知道一點了。」鼴鼠說著，身子稍微顫抖了一下。

「好吧，好吧，」獾拍拍他的肩頭說，「這是你頭一回跟他們打交道。他們其實沒有那麼壞，我們要生活，人家也同樣嘛。不過，明天我要傳話下去，在這裡，凡是我的朋友都可以暢行無阻，相信你不會再碰到麻煩了，否則，我就要追查原因了！」

當他們重新回到廚房的時候，發現河鼠正焦躁不安地踱來踱去。地下的氣氛讓他感到內心壓抑，精神緊張，好像是真的在擔心，再不回去照看那條河的話，它就會流走似的。

於是，他穿上大衣，把手槍重新別在腰帶上。「來吧，鼴鼠，」他一見到他倆就急切地說，「我們必須趁白天的時候回去。別想著在原始森林裡再過一個晚上了。」

「沒問題，我的好朋友，」水獺說，「我陪你們一起走。就算蒙上眼睛，我也認識每一條小路。要是有哪個傢伙的腦袋欠揍，你就放心交給我，我來揍他一頓。」

「你不用為此煩心，河鼠。」獾平靜地加上一句，「我的通道比你想像的還要長。我還有許多避難孔，這些避難孔可以從幾個方向通往森林的邊緣，只是我不願意讓別人知道。你一定要走的話，可以選擇一條捷徑。現在，放鬆一點，再坐一會兒。」

可是河鼠還是急著要回去照看他那條河。於是，獾重新拿起手提燈，帶領著他們穿過一條蜿蜒曲折的隧道。那隧道又潮溼又悶熱，還滴著水，上面一部分有穹頂，一部分已經從堅硬的岩石裡鑿開了。走了有幾英里遠，幾隻動物都疲憊不堪。

最後，他們看到從懸在隧道出口處藤蔓交錯的草木中，透出了一縷陽光。獾匆匆向他們道了別，便迅速把他們推出了洞口，然後又用爬山虎、灌木叢、枯樹葉把洞口藏起來，盡可能不露痕跡，就轉身回去了。

此刻他們發現，自己站在了原始森林的邊緣。

在他們的身後，是一堆堆岩石、纏繞得亂糟糟的荊棘和樹根。在他們的前面，是一望無垠的寧靜田野，周圍鑲嵌著被雪地襯得黑黝黝的樹籬。在更遠處，那條熟悉又古老的河在閃閃發光，冬日裡的紅太陽低懸在地平線上。

熟悉所有小路的水獺負責在前面帶路，他們筆直走到遠處的一個柵欄門，在那裡暫歇了一會兒，回頭望去，只見整座原始森林茂密、森嚴、簡潔，嵌在廣闊的白色原野之中。他們不約而同地轉身趕著回家，等不及要回到爐火和那它照耀下的熟悉事物中去，等不及要去聽窗外河水的歡快歌唱聲。他們熟悉並且信任那條河的各種脾氣，因為它從來都不會做出怪異的行徑恐嚇他們。

鼴鼠匆匆趕路，著急地想要回到家，回到他熟悉和喜愛的事物中去。他清楚地意識到，自己是一隻屬於耕地和樹籬的動物。那古老的犁溝、常去的牧場、暮色中閒逛的鄉間小路、人工栽培的花園草坪才跟他息息相關。至於說大自然的嚴酷堅忍，或者和它的互相衝突嘛，就讓別的動物去承受吧。他必須學聰明點，老老實實地守在自己的這片樂土上，因為他的歷代祖先都在這裡繁衍生息。況且這裡的冒險已經夠多了，多得夠他消遣一輩子的了。

5 溫暖的家

羊群擠作一團，踏著纖細的前蹄，仰著腦袋，薄薄的鼻孔裡噴著氣。一股淡淡的蒸氣從擁擠的羊群裡升騰到寒冷的空氣中。河鼠和鼴鼠一路歡聲笑語，興匆匆地匆匆走過。他們和水獺一起走了一整天，在廣闊的丘陵上打獵探險，那裡是匯入他們那條大河的幾條小溪流的源頭。

現在，他們正穿越田野走在回家的路上。冬日的白晝轉瞬即逝，暮色將近，但他們還有好長一段路要走。當他們正踉蹌地穿過耕地時，聽到了綿羊的咩咩聲，循聲走去，發現從羊圈那邊延伸過來一條小路，已經被踩平了，路就好走多了。於是，他們憑著所有動物天生的敏銳感，確信無疑地說：「對的，一點都沒錯，這條是通向家的路！」

「看來我們來到了一座村莊。」鼴鼠放慢了腳步，心懷疑惑地說著。那條被踩平的小路，先是變成了一條小道，然後又擴大成一條鄉間小路，最後把他們帶到了一條很棒的碎石子路上。動物不喜歡村莊和那些縱橫交錯的公路，他們有自己常走的路，避開那些教堂啦，郵局啦，酒館啦。

「噢，沒關係，」河鼠說，「每年的這個時候，男人、女人、小孩、狗，還有貓什麼的，全都待在家裡，圍坐在一起安靜地烤火呢。我們可以悄悄溜過去，不會打擾到他們的。要是你想要，我們還可以透過窗戶偷偷瞄幾眼，看看他們正在幹什麼。」

他們躡手躡腳地踏著一層薄薄的雪粉走進村莊。十二月中旬，黑夜已經迅速降臨，籠罩了整個小村莊。除了街道兩邊一個個橘紅色方塊，幾乎什麼也看不清楚。每間小農舍裡的火光和燈光透過窗子，流淌到外面的黑暗世界裡來。大多數低矮的格子窗都沒有窗簾，外面的人可以透過窗子直接看到裡面。

屋子裡的人圍坐在茶桌邊，埋頭做著手工，或是手舞足蹈地大聲歡笑，人人都是如此優雅得體，正是演技高超的演員所追求的境界——忘記觀眾存在的一種自然狀態。這兩位遠離家園的觀眾，就像看一齣齣戲似的，從一家劇場閒逛到另一家劇場。當他們看到一隻小貓被人撫摸，一個快睡著的小孩被抱到床上去，或是一個疲倦的男人伸著懶腰，在一段冒煙的木塊尾巴上敲菸斗時，他們的眼裡就忍不住露出一絲渴望。

然而有一扇小窗的窗簾緊閉著，在黑暗裡只露出一片半透明的空白。這正是家的感覺，四壁之中的那塊小小天地，把外面那個緊張的世界關在門外，全然遺忘了。一個鳥籠靠著白色窗簾懸掛著，輪廓鮮明。每一根鐵絲、每一根棲木、每一件附屬物，甚至是昨天舐去一個角的一塊方糖，都清晰可辨。

一隻羽翼豐滿的鳥兒，停在中間一根棲木上，把頭深深埋進羽毛裡，近得彷彿只要他們願意就觸手可及似的，甚至他那豐滿的羽毛尖端，也清晰可見地勾畫在被映得亮晃晃的窗簾上。正當他倆看得快出神的時候，那隻睡著了的小傢伙彆扭地動了動，醒了過來，抖了抖羽毛，抬起了頭。他懶懶地打著呵欠，細小的尖嘴張得大大的，他瞧瞧四周，又把頭埋進了翅膀裡去，舒張的羽毛漸漸平伏下來，不再動了。

這時候，一陣寒風刮進他們的後脖子，惹得皮膚上一陣刺痛，他們如夢初醒，只覺得腳趾發冷，兩腿酸痛，而他們的家還在十萬八千里的遠方。

一出村莊，茅屋就瞬間消失了。他們又聞到友善的田地的氣息穿過黑暗撲來。於是，他們打起精神走上最後一段征途。這是回家的路，他們知道這條路總會有盡頭的。到那時，門閂咔嗒一響，火光忽然亮起來，所有熟悉的事物就像迎接大海上遠航的歸人一樣歡迎他們。

他們堅定不移地默默趕路，心照不宣地各自想著心事。鼴鼠一心惦記著晚飯。天色漆黑一片，這對他來說是一個完全陌生的地方，於是他只好乖乖地跟在河鼠後面，讓他帶路。至於河鼠，他走在前面，和平時一樣，肩膀有點佝僂，眼睛緊盯著前面筆直的灰色道路，沒怎麼注意可憐的鼴鼠。

忽然間聽到一聲召喚，鼴鼠渾身好像被電擊中了一樣。

我們人類早就失去了微妙的生理感覺，甚至找不到恰當的字眼來形容一隻動物與身邊環境的深層交流，不管是有生命的還是沒生命的。比方說只能用「嗅」這一個詞來概括從動物的鼻子裡發出的日夜不停的嗚嗚顫動聲——可能是呼喚啦，警告啦，煽動啦，排斥啦。

黑暗裡，正是這樣一種充滿魔力的神祕呼喊，從空中傳到了鼴鼠身上。鼴鼠為這萬分熟悉的呼喊激動得渾身震顫，儘管他一下子還想不起來這究竟是什麼。他忽然停在路上，用鼻子到處尋找著那根細絲，捕捉那束強烈地觸動了他的電流。一會兒，他就再一次捕捉到了，隨之而來的記憶一下子湧上心頭。

家！這就是家的訊息，這些親切的籲求，這些從空中飄來的輕柔撫摸。一隻隻看不見的小手全都把他往一個方向拉去！是啊，此刻他一定離他的老家很近了，自從他第一次發現大河後就匆匆離開，再也沒有回去過的家！現在，它正派出偵探員和送信員來抓他，把他帶回去。

自從在那個明媚的早晨逃走後，他就沉醉在新的生活裡，縱情享受著新生活的一切歡樂、驚喜和引人入勝的新鮮體驗；現在，過去的回憶如潮水般向他湧來，黑暗中，老家清晰地出現在眼前。儘管他的家低矮簡陋，陳設可憐，然而這到底是他的家，是他為自己建造的家，是他在一天忙碌後愉快返回的家。

很顯然，這個家也很喜歡他，思念他，期盼著他回去。它透過他的鼻子，悲切地、埋怨地，但是不帶著怨恨或是憤怒，只是哀怨地提醒他：家在這裡，很需要他。

這呼聲是清楚的，這召喚是明確的。他必須立即服從——回去。「河鼠！」他歡快又興奮喊道，「停下！回來！我需要你，快點！」

「噢，來吧，鼴鼠，跟上！」河鼠興匆匆地回答，不停地悶頭往前走。

「求你停一停吧，河鼠！」可憐的鼴鼠哀求著，滿懷心痛，「你不明白！這是我的家，我的老家！我剛剛聞到了它的氣味，它就在附近，真的很近了。我必須回去，必須，必須！噢，回來吧，河鼠，求求你，求你回來吧！」

這時的河鼠已走在前方很遠了，根本聽不清楚鼴鼠在喊什麼，更聽不出來他聲音裡那種尖厲的痛苦呼喚。而且他非常擔心馬上要變天了，因為他也同樣聞到了某種氣息——可能馬上就要下雪了。

「鼴鼠，我們現在不能停下來，真的！」他回頭喊道，「不管你發現了什麼，我們明天再來找吧。我現在不敢停下來，天色已經很晚了，馬上又要開始下雪了，而且這條路我也不是很熟悉。還有我需要你的鼻子，鼴鼠，所以快來吧，我的好友！」河鼠不等到回答，就悶頭往前走。

可憐的鼴鼠孤零零地站在路上，他的心都被撕碎了。胸腔中聚積著一大股傷心的眼淚，越積越滿，他知道下一秒就要迸發出來了。不過，即便在這樣的考驗前，他對朋友的忠誠依然毫不動搖，一刻也沒想過要丟下朋友。

與此同時，老家發來的訊息正在央求他，低語著，呼喚著，最後竟霸道地命令起他來。他不敢在它的魔法圈子裡多作逗留，猛地掙斷了自己的心弦，低頭看著路，老老實實地跟著河鼠的足跡走去。儘管那若隱若現的氣味還在追著他逃走的鼻子不放，責怪著他對朋友的喜新厭舊。

他費了好大勁才追上了一無所知的河鼠，可是河鼠卻開始興奮地跟他嘮叨回家之後要做的事情。客廳裡升起爐火是怎樣歡樂啦，要吃一頓怎樣的晚飯啦。他完全沒注意到同伴的沉默和擔憂。

最後，當他們走了好長一段路，經過路邊矮樹叢旁的一些樹樁時，他停了下來溫柔地說：「喂，鼴鼠，老朋友，你好像累壞了，一聲不響，你的腿像綁了鉛似的。我們在這裡坐下休息一下吧。好在雪到現在都沒有下，最主要的路程我們已經走完了。」

鼴鼠淒慘地在一個樹樁上坐了下來，想努力控制自己的情緒，因為他覺得自己就快要哭出來了。但他克制了這麼久的眼淚一直不屈服，硬是不停地湧上來，一次又一次，越來越厲害，越來越快，直到可憐的鼴鼠最終放棄了抗爭，盡情地、絕望地放聲大哭起來。現在，他知道一切都完了，他失去了他已經找到的東西。

河鼠被鼴鼠這突如其來的悲傷驚呆了，一下子竟不敢出聲。最後他小心翼翼、滿懷同情地問：「發生什麼事了，老弟？告訴我你的煩惱，看看我能為你做點什麼。」

可憐的鼴鼠哭得連話都說不出來，他的胸膛快速起伏著，話剛到嘴邊又被咽了回去。「我知道它是個……簡陋又邋遢的小地方，」他終於斷斷續續哽咽著說，「比不上……你那個舒服的家……比不上蛤蟆漂亮的莊園……也比不上獾寬敞的屋子……但它是我自己小小的家……我很愛它……我一離開家就把它忘到九霄雲外去了……但是剛才我忽然聞到了它的氣味……就在路上，我喊你但你卻不聽，河鼠……所有的一切都像潮水一般湧上心頭……我需要它！……噢，天哪！噢，天哪！……但你硬是不肯回頭，河鼠……於是我不得不離開它，儘管我一直聞到它的氣味……我想我的心要碎了……我們原本可以回去看一眼的，河鼠……只要一眼就行……它就在不遠的地方……但你就是不肯回頭，河鼠，你不肯回頭！噢，天哪！噢，天哪！」

回憶帶來了新一輪波濤般洶湧的悲傷，他再一次抽泣起來，哽咽得話都說不下去了。

河鼠的眼神直直地盯著前面，一聲不吭，只是輕輕拍著鼴鼠的肩膀。過了一會兒，他沮喪地喃喃說：「現在我全搞清楚了！我剛才真是隻豬！──一隻豬──就是我！──就是隻豬──一隻不折不扣的豬！」

河鼠一直等到鼴鼠的抽泣漸漸平復了些，不再是暴風雨一般，變得多少有點節奏了，最後只一個勁地抽鼻子，斷斷續續伴隨著幾聲啜泣了，他這才從樹樁上站起來，若無其事地說：

「好了，現在我們動身吧，老弟！」說著他重新上路了，沿著他們辛辛苦苦走來的原路返回。

「你要去（呃）哪裡（呃），河鼠？」淚流滿面的鼴鼠叫起來，一臉驚慌地抬起頭。

「我們去找你的家呀，老弟。」河鼠愉快地說，「所以你最好快點跟上來，或許找起來要花點力氣，還有我們需要你的鼻子呀。」

「噢，回來，河鼠，回來！」鼴鼠叫著，他趕緊站起來去追趕河鼠，「我告訴你這沒有用！太晚了，天又這麼黑，那地方又很遠，而且馬上就要下雪了！再說——我根本沒想過要讓你知道我對它的深情——這完全是個意外和錯誤！還是想想河岸，還有你的晚飯吧！」

「去他的河岸和晚飯吧！」河鼠真心誠意地說，「我告訴你，我現在就要去找到這個地方，哪怕是要在外面待一整個晚上也在所不惜。所以，老弟，打起精神來，挽著我的手，我們很快就會回到那裡的。」

鼴鼠依舊抽著鼻子，央求著，勉強被那位朋友拉著往回走。河鼠一路不停地給他講故事，好讓他重新振作起來，使這段無聊的路程看起來不那麼漫長。等到河鼠感覺他們好像已經來到之前鼴鼠被「絆住」的地方時，他說：「現在，不要說話了，幹正事吧！用你的鼻子，用點心。」

他們安靜地往前走了一小段路，突然間，河鼠透過他挽著鼴鼠的手臂，感到有一股微弱的電顫傳遍了鼴鼠的全身。他馬上鬆開了手臂，退後一步，全神貫注地等待著。

訊息傳過來了。

鼴鼠僵直地站了好一會兒，他的翹鼻子顫動著嗅著空氣。

接著，他匆匆向前跑了幾步——不對——停下——又退回來；然後慢慢地、堅定地、充滿自信地向前走去。

河鼠異常激動，緊跟在鼴鼠身後。而鼴鼠像夢遊者似的，在朦朧的星光下，跨過一條乾涸的水溝，鑽過一道樹籬，一路橫穿過一片光禿禿的、沒有足跡的空曠田野。

忽然間，鼴鼠沒來得及打聲招呼，就猛地鑽到了地下。幸虧河鼠非常警惕，俐落地也跟著他鑽了下去，鼴鼠靈敏的鼻子把他們領到了地道裡。

地道又窄又悶，充滿了刺鼻的泥土味。河鼠覺得他們走了很久才到盡頭，他終於能把身子挺起來，伸展四肢，抖抖身體。鼴鼠劃了一根火柴，藉著火光，河鼠看到他們正站在一塊被打掃得一塵不染的空地上，腳下鋪了一層沙子，正對他們的是鼴鼠家的小前門，門的上方漆著三個黑體字：「鼴鼠家」，門旁掛著鈴索。

鼴鼠從牆上的一枚釘子上取下一盞燈籠，點亮了它。

河鼠環顧四周，看到他們是在一個像前院一樣的地方。門的一邊是一張花園椅，另一邊有個滾筒。因為鼴鼠在家時是一隻愛乾淨的動物，他不能容忍別的動物把他的地面踢出一道道足痕、一個個土堆。掛在牆上的鐵絲花籃裡種著蕨類植物，花籃之間隔著的托架上面擺著石膏像——有加里波底，有年幼的撒母耳，有維多利亞女王，還有其他現代的義大利英雄。

前院的一邊有個九柱戲場，周圍擺放著一排長凳和小木桌，桌上印著一些圓圈，是擺啤酒杯的痕跡。院子當中是一個圓形小池塘，裡面養著金魚，池子周圍鑲著海扇貝殼。池中央立著一座鑲嵌了更多海扇貝殼的造型奇特的塔，塔頂是一枚銀色大玻璃球，裡面照出的所有東西全都變得歪歪扭扭，看起來怪有趣的。

看到所有這些如此親切的東西，鼴鼠的臉上綻放出了笑意。他一把推河鼠進門，點亮廳裡的一盞燈，匆匆環視了一眼他的老家。

他看到，所有的東西都積了一層厚厚的灰塵，很久無人打理的屋子一派冷清樣。它的空間是那麼狹小，屋子裡的擺設又是那麼簡陋陳舊。

鼴鼠癱坐在一把椅子上，兩隻爪子捂住鼻子。「河鼠啊！」他傷心地哭起來，「我為什麼要那樣做呢？為什麼在這樣寒冷的深夜，把你帶到這個破舊寒冷的小屋裡來！天這麼晚了，原本這時你可能早就回到了河邊，對著熊熊爐火烤腳，享受著所有你的那些好東西！」

河鼠沒有理會他這番自責的傷心話，而是到處跑來跑去，打開一扇扇門，查看房間和櫃子，又點亮許多盞燈和蠟燭，把它們擺得到處都是。

「真是一間了不起的房子啊！」他高興地大聲說，「安排得多緊湊啊！多巧妙啊！這裡應有盡有，一切都井然有序！我們在這裡會度過一個很愉快的夜晚的。現在要做的第一件事就是生起一爐好火，交給我吧！我最拿手的就是找東西了。那麼這就是客廳囉？太酷了！在牆上的這些小睡鋪是你的巧思嗎？好極了！我現在就去把木柴和煤塊拿來，你去拿個雞毛撣子，鼴鼠──廚房桌子的抽屜裡就能找到一把──想辦法把東西都弄乾淨點。動起手來吧，老弟！」

有了來自同伴的鼓勵，鼴鼠大受鼓舞，他振作起精神打掃起來。河鼠則一趟又一趟地抱來木柴和煤塊，沒多久，歡騰的火苗就呼呼直升上煙囪。他招呼鼴鼠過來烤火取暖。可是鼴鼠又開始發起愁來，難過地跌坐在一張長椅上，把臉埋在雞毛撣子裡。

「河鼠呀，」他嗚咽道，「你的晚飯怎麼辦呢？你這個又苦，又冷，又餓，又疲倦的動物，我沒有什麼吃的可以給──連麵包屑也沒有！」

「你怎麼這麼容易就洩氣了！」河鼠責備他說，「嘿，我剛才還清清楚楚看見櫥櫃上有把開沙丁魚罐頭的起子，誰都知道這意味著旁邊就有沙丁魚罐頭。振作起來，打起精神跟我一起去找吃的。」

他們於是一起去找東西，翻箱倒櫃都找了一遍。結果也不算令人太失望，當然有可能的話還可以更好些──一罐沙丁魚，差不多滿滿一盒餅乾，一根用錫箔紙包著的德國香腸。

「夠你開一桌宴席的了！」河鼠一面擺桌子一面說，「我知道，有些動物都求之不得想坐下來和我們共進晚餐呢！」

「沒有麵包！」鼴鼠難過地呻吟道，「沒有奶油，沒有——」

「沒有鵝肝醬，也沒有香檳酒！」河鼠壞笑著說，「這倒是提醒了我——走道盡頭那扇小門裡面是通向哪裡的？當然是你的儲藏室了！家裡所有的好東西都藏在那裡呢！你等一等。」

他鑽進儲藏室，沒一會兒又出來了，身上沾了點灰，兩隻爪子各拿著一瓶啤酒，另外兩瓶夾在腋下。「看起來你還是個自我放縱的叫花子呢，鼴鼠。」他評論說，「你可不要再推脫否認了。這真是我見過最討人喜歡的小屋了。喂，你從哪裡弄來這些畫作的？它們讓這個地方看起來更溫馨舒適了，真的。怪不得你這麼喜歡這個家了，鼴鼠。都告訴我吧，你是怎麼把它布置成這樣的？」

接著，就在河鼠忙著拿盤碟刀叉，往雞蛋杯裡調芥末的時候，鼴鼠的胸膛依舊因為剛才的激動情緒而一起一伏，他開始講起來——一開始還有點不好意思，到後來越講越起勁，越講越放鬆——這個是怎麼設計的，那個是怎麼想出來的，這個是從一位姑姑那裡偶然得來的，那個是撿了個大便宜，另外一件東西是他盡可能地省吃儉用，辛辛苦苦存錢買來的。最後他的情緒終於完全恢復了，不由得去撫摸一下他的那些寶貝。鼴鼠提著一盞燈，向參觀者讚美和炫耀它們的優點，連他倆急需的那頓晚飯都給拋諸腦後了。河鼠呢，儘管已經餓得不行了，但還是拚命忍住，認真地點著頭，皺起眉頭仔細查看，逮到空檔就說著「了不起」、「太棒了」。

最後，河鼠總算把鼴鼠哄回到飯桌旁，當他正要埋頭開沙丁魚罐頭時，前院裡傳來了聲音，這聲音像是小腳在沙地上亂踩，還有七嘴八舌的細小說話聲。

一些斷斷續續的句子傳到他們耳中：「現在，全都站成一排——把燈籠舉高點，湯米——先清清你們的嗓子——我喊『一、二、三』後就不能再咳嗽了——小比爾在哪裡——這裡，趕緊過來，我們都在等著呢——」

「怎麼回事？」河鼠停下手裡的事問道。

「我想一定是田鼠，」鼴鼠回答，臉上露出得意的神色，「每年的這個時候，他們總要到處去唱聖誕歌，差不多成了這一帶的慣例了。他們從來不會漏掉我家——這是最後一站。我總要請他們喝點熱飲，要是我付得起的話，有時候還會請他們吃一頓晚餐。聽著他們唱聖誕歌，就像回到了過去的時光。」

「讓我們去看看他們！」河鼠叫著，跳起來向門口跑去。

他們一打開門，就看到了一番美麗的節日景象。

前院裡，在一盞牛角燈籠的微光照耀下，八隻或十隻小田鼠站成一個半圓，脖子上都圍著紅色羊毛長圍巾，前爪深深插進口袋裡，小腳在地上踩著取暖。他們用珠子般的亮眼睛靦腆地互相對視，偷偷笑著抽了抽鼻子，整理一下衣袖。門打開的時候，提燈籠的一隻大田鼠喊了聲「預備，一、二、三！」，他們那尖細的聲音就在空氣中響了起來，唱的是一首古老的聖誕歌。

這首歌，是他們的祖先在冰雪覆蓋的休耕地裡，或是在被大雪困住的壁爐邊創作的，世世代代傳唱下來。每到耶誕節，田鼠就站在泥濘的街上，對著亮燈的窗子歌唱。

聖誕頌歌

村裡的居民，
在這嚴寒時節，
打開你們的門吧，
儘管風雪也會跟著進屋，
讓我們歇息在壁爐邊，
明早你們將會獲得歡樂！
我們站在雪裡雨裡，
呵著手指，跺著腳跟，
從遠方為你們帶來祝福——
你們坐火旁，我們在街上——

願你們明早獲得歡樂！
夜晚已經消逝一半，
一顆星星指引我們前行，
從天而降的恩賜與幸福——
明天幸福，永遠幸福，
每天早上歡樂無窮！
好人約瑟在雪中跋涉——
遙見星星低垂在馬房；馬利亞不必繼續奔跑——
歡迎茅草屋，屋頂下的產床！
明早她將獲得歡樂！
然後他們聽見天使發話：
「是誰第一個迎接聖誕？
是馬房裡所有的動物，
因為他們棲息在馬房，
明早歡樂將屬於他們！」

歌聲停了下來，歌手都害羞地笑著，互相打量一眼，緊接著是一片寂靜——但只是一小會兒。接著，從地面很遠的地方，從他們剛剛經過的隧道裡，傳來隱隱約約的嗡嗡鐘聲，叮叮噹噹，奏起了一首歡快樂曲。

「唱得好極了，你們這些孩子！」河鼠熱情地喊道，「現在都進屋裡來吧，烤烤火暖暖身子，吃點熱的東西！」

「對呀，進來吧，各位田鼠。」鼴鼠連忙叫道，「像過去的時候一樣！進來後把門關上，把凳子挪到火旁邊。現在，你們等一下，等我們——噢，河鼠！」他絕望地叫起來，一屁股坐在椅子上，眼淚都快要掉下來了。「我們都在做些什麼呀？我們沒有什麼東西招待他們呀！」

「你就全都交給我吧，」河鼠擺出十足的主人架勢說，「來，這位提燈籠的，到這裡來，我有事要問你。告訴我，現在這個時候還有店開著嗎？」

「嗯，當然了，先生，」那隻田鼠必恭必敬地回答，「每年這個時候，我們那些店都二十四小時開門。」

「那就聽我說！」河鼠說，「你馬上提著燈籠幫我買……」

接著他倆又嘀咕了好一陣，鼴鼠只斷斷續續聽見幾句，什麼「……記住，要新鮮的！……不，一磅就夠了……一定要買巴金斯他們家的，別家的我不要……不，只要最好的……如果你在那裡買不到，就到別的地方問問看……對，當然是要現做的，不要罐頭……好吧，你盡力吧！」最後叮噹一響，一把硬幣從一隻爪子落進另一隻爪子，那隻大田鼠拿著一個大籃子，提著燈籠，匆匆忙忙地出去了。

其餘的田鼠在凳子上坐成一排，晃著他們的小腿，盡情享受烤火的樂趣。火烤著他們的凍瘡，感覺刺刺癢癢的。鼴鼠想引著他們隨便聊天，但是沒成功，就問起家裡的情況來，要他們一個個背出自己那眾多弟弟的名字。看來因為弟弟都還小，今年還不准出門唱聖誕歌，不過期盼著不久就能獲得他們父母的同意。

這時，河鼠正在忙著細看一瓶啤酒的牌子。「我發現這是老伯頓牌的，」他稱讚說，「有品味的鼴鼠！這是真正的好酒呢！現在我們可以用它來調熱甜酒了！準備好東西，鼴鼠，我來開瓶塞。」

沒多久，甜酒就調好了，河鼠把錫壺深深放進紅色的火焰裡。不久，每隻田鼠都喝到酒了，又是咳嗽，又是打噴嚏（因為只要喝一點點熱甜酒，後勁就很大了），又是擦眼淚，又是笑，完全忘了自己這輩子曾經挨過凍。

「這些小傢伙還會演戲呢，」鼴鼠向河鼠解釋說，「全是他們自編自演的。演得還滿不錯的！去年他們為我們演了一齣精彩絕倫的戲，講的是一隻田鼠在海上被北非的海盜船捉住了，被逼在船艙裡划槳。等逃出來回到家鄉時，他心愛的女孩已經進了修道院。喂，你！我記得你參加過演出，站起來為我們表演一段吧。」

被叫到的田鼠站起來，不好意思地咯咯笑著，瞥了一眼四周，舌頭就跟打了結一樣，什麼也說不出來。同伴給他打氣，鼴鼠哄他鼓勵他，河鼠甚至抓住他的肩膀用力晃，但做什麼都不管用，他還是克服不了怯場的毛病。他們圍著他忙得團團轉，就像水手按照皇家溺水者營救協會的規則，搶救一個早就溺水的人那樣。

這時，門閂咔嗒一聲，被打開了，提燈籠的田鼠回來了，沉甸甸的籃子重得他走路一搖一擺的。

一旦把籃子裡那些實實在在的東西，一股腦倒在桌子上的時候，他們就顧不上談論演戲的事情了。在河鼠的指揮下，每隻動物都各司其職。才幾分鐘工夫，晚飯就做好了。

鼴鼠好像做夢一樣坐在主位上，看到剛剛還空蕩蕩的桌子上堆滿了美味可口的食物，看到他的朋友臉色紅亮，迫不及待地狼吞虎嚥。他自己也放開來大吃特吃，因為一看到那些像變魔術一樣出現的食物，他就餓得不行。他心想，這次回家到底是多麼快樂啊。他們邊吃邊談著過去的日子。田鼠告訴他當地的新聞，還盡力回答他忍不住提出的上百個問題。河鼠幾乎不說話，只關照客人盡情享用美食，要鼴鼠什麼事都不用操心。

最後，田鼠連聲道謝，說了一連串的節日祝福。他們在上衣口袋裡塞滿了給家裡的弟弟妹妹的小禮物，嘰嘰呱呱地離開了。等到送走最後一位客人，大門關上，燈籠的叮咚聲也漸行漸遠。

鼴鼠和河鼠把火撥旺，把椅子拉近一些，為自己熱完睡前最後一杯甜酒後，就聊起漫長的一天裡發生的事情來。

最後，河鼠打了個很大的哈欠，說道：「鼴鼠，老弟，我準備要倒下了。光是『瞌睡』已經不足以形容此時的我了。那張床是你的吧？很好，那麼，我就睡這張床了。這間小屋多棒啊！做什麼事情都這麼方便！」

他爬上床，用毯子把自己裹得緊緊的，馬上就進入了夢鄉，就像一把大麥落進了收割機的懷抱一樣。

疲倦的鼴鼠也巴不得趕緊睡覺，一頭倒在枕頭上，內心異常愉快和滿足。只是在他閉上雙眼之前，還要再環視一下自己的老房間。房間在爐火的映照中顯得非常溫柔。火光閃爍，照亮了所有他熟悉的友善事物。不知不覺中，這些事物早就成了他的一部分，而現在它們都毫無怨言地微笑著，迎接他回來。

此時，他正沉浸的這種心境，是機智的河鼠一聲不響把他引領進來的。他清楚地看到所有的一切是多麼平凡簡陋，甚至多麼微不足道。可是同時，他也清楚地意識到它們有多麼重要，這樣的一個避風港在一生中有多麼特殊的價值。他並不打算放棄新的生活和廣闊的天地，不打算放棄陽光、空氣，還有它們帶給他的一切，爬回到地下的家裡。地上的世界太有吸引力了，哪怕躲在地下，依舊在召喚著他。他知道，他必須回到更大的舞臺上去。不過，想到有這麼個地方可以隨時回來，總是件好事。這地方完全是屬於他的，這裡的東西總是那麼樂於見到他。
只要他回來，就永遠可以受到同樣親切的接待。

6 蛤蟆先生

這是一個晴朗的初夏早晨。大河兩岸已經恢復了原來的樣子，河水的流速一如往常，炎熱的太陽好似把碧綠而茂盛的高聳萬物從地下拔起，用無數根細繩拉上去，拉向他自己。

鼴鼠和河鼠天一亮就起床，為即將到來的划船季節做準備。他們給船上油漆，修理槳葉、坐墊，尋找丟失的船篙之類。正當他們在客廳裡吃著早飯，熱烈地討論著當天的安排時，傳來一聲很重的敲門聲。

「真討厭！」河鼠說，滿嘴都塞滿了雞蛋，「去看看是誰來了，鼴鼠，做個好人，反正你已經吃完了。」

鼴鼠去開門，河鼠聽到他驚喜地叫了一聲。接著，他打開客廳的門，鄭重地宣布說：「獾先生駕到！」

這真是太不可思議了，真的，獾竟會親自來看望他們，要知道他是很少去看望任何人的。平時如果你急著要見他，就得在清晨或傍晚時分，趁他在樹籬旁安靜地散步時去偶遇，或者到他原始森林深處的家裡去找他，那可是件非比尋常的事。

獾腳步沉重地走進房間，站在那裡不動，一臉嚴肅地望著兩隻動物。河鼠手裡的蛋勺不由得落在了桌巾上，嘴巴張大了坐在那裡。

「時候到了！」獾終於非常莊嚴地宣布。

「什麼時候？」河鼠不安地問，瞥了一眼壁爐上的鐘。

「你應該問『誰的時候到了』，」獾答道，「哼，是蛤蟆的時候到了！我說過，一旦冬天過去，我就要好好教訓他，今天我就要來教訓他。」

「是教訓蛤蟆的時候到了，當然了！」鼴鼠高興地說，「好了！現在我想起來了！我們要去把他教訓成一隻明智的蛤蟆！」

「昨晚我得到可靠的消息，」獾坐在一把扶手椅上，繼續說，「就是今天早上，又有一輛超級大馬力的新汽車要開到蛤蟆莊園，要嘛他買下來，要嘛就退貨。說不定這時候，蛤蟆已經在穿戴他那套心愛的奇醜無比衣服了。穿上衣服，他就從一隻不算難看的蛤蟆變成一隻怪物了，任何頭腦正常的動物見到他都會嚇暈的。我們要盡早去拯救他，不然就遲了。你們兩位得陪我去一趟蛤蟆莊園，務必要把他拯救過來。」

「你說得對！」河鼠跳起來喊道，「我們要去拯救那個可憐的倒楣鬼！我們要幫他改過自新，否則就和他一刀兩斷。」

獾在前面帶路，他們出發去執行一項行善的任務。動物結伴同行時總是採取一種適當而合理的走法：排成直列，而不是橫著馬路走。要是那樣，萬一遇到突發麻煩或危險，就不便於相互援助。

他們來到蛤蟆莊園的行車道，果然如獾所說，看到一輛閃光晶亮的鮮紅色（蛤蟆最喜歡的顏色）新汽車，就停在房子前面。

他們走近門口時，門一下子打開了，然後蛤蟆先生走了出來，戴著墨鏡、鴨舌帽，穿著高筒靴和一件大得要命的外套，大搖大擺地走下臺階，一邊還往手上戴他那副寬大的手套。

「嘿！來呀，大家！」一看到他們，蛤蟆就興高采烈地叫道，「你們來得正好，跟我一起去逍遙吧——逍遙吧——去……呃……逍遙吧——」

當他注意到幾位朋友全都板著臉，沉默不語時，蛤蟆那熱情的口氣變得結巴起來，連這句邀請的話也才說了一半。

獾大步走上臺階。「把他帶到屋裡去。」他嚴肅地囑咐兩個夥伴。接著，蛤蟆一路掙扎抗議著被拖進了門。獾回過頭來對駕駛新車的司機說：

「今天恐怕用不著你了，」他說，「蛤蟆先生改變了主意，不想買這輛車了。請你明白，這是最後決定，不必再等了。」然後，他也跟著大夥走進去，關上了門。

「好了！」當四隻動物都站在門廳裡的時候，獾對蛤蟆說，「現在，你先把這身奇裝異服脫掉！」

「不脫！」蛤蟆暴跳如雷地說，「你們這樣蠻不講理是什麼意思？我要你們馬上解釋清楚。」

「你們兩個，把他的衣服脫下來。」獾簡短地命令道。

蛤蟆又是踢又是罵，他們不得不把他按倒在地，才能順利地給脫去衣服。然後，河鼠騎在他身上，鼴鼠一件一件扒下他的駕駛服，直到最後才把他提起來。一脫下那身精良的制服，他那大吼大叫的威武架勢也消失了大半。現在他只不過是一隻普通的蛤蟆，不再是公路霸王。他只有無力地咯咯笑著，求饒似的從這個看到那個，像是徹底明白了自己的處境。

「你知道這一天早晚會來的，蛤蟆。」獾厲聲訓誡道，「你把我們的那麼多勸告都當成耳邊風，你拚命揮霍你父親留給你的錢財，你橫衝直撞一直出車禍，還跟警察吵架，你把我們這一帶動物的名聲都搞壞了。獨立自主固然很好，但我們動物絕不允許自己的朋友變成傻瓜，行為出格。你已經到達出格的邊緣了！說起來，你在很多方面都滿好的，我也不想對你太過嚴厲。我要再努力一次，讓你恢復理智。你跟我到吸菸室去，在那裡，好好聽一聽勸誡。等你從房間裡出來時，看還是不是跟進去的時候一樣。」

他緊緊抓住蛤蟆的胳臂，把他拉進吸菸室，關上了門。

「那有什麼用！」河鼠不屑地說，「跟蛤蟆講道理永遠治不了他的病，他總是有話可辯解。」

他倆舒舒服服地坐在扶手椅上，耐心等待結果。透過緊閉的門，他們只能聽到獾沒完沒了的訓話聲，一聲高一聲低。不久，他們就注意到，獾的訓話聲不時被長長的抽泣聲打斷，明顯是發自蛤蟆的內心，因為他這傢伙多愁善感，很容易——至少在眼下——聽得進任何觀點。

大約過去了四十五分鐘，門開了，獾重新走了出來，他莊嚴地牽著一隻軟綿綿的蛤蟆，蛤蟆垂頭喪氣的。他的皮膚鬆垮，兩腿搖搖晃晃，被獾一番曉之以理、動之以情的訓話感動得涕淚直流。

「在這裡坐下，蛤蟆，」獾指著一把椅子和藹地說，「我的朋友，我很高興地告訴你們，蛤蟆終於知道他的所作所為是錯的了。他對過去出格的行為發自內心地懺悔，已經決心永遠放棄汽車了。他向我鄭重地保證了。」

「這真是個大好消息。」鼴鼠鄭重其事地說。

「確實是個大好消息了，」河鼠懷疑地說，「只要……只要……」他說這話的時候眼睛緊盯著蛤蟆，總覺得在蛤蟆那悲傷的眼睛裡，有種什麼東西閃了一下。

「現在，你還必須做一件事，」甚感欣慰的獾繼續說下去，「蛤蟆，我要求你當著這兩位朋友的面，把你剛才在吸菸室裡承諾我的話，莊嚴地再重複一遍。你對自己過去的所作所為感到後悔了嗎？瞭解到這些全都是胡鬧了嗎？」

沉默了好半天，蛤蟆絕望地看看這邊，看看那邊，其他幾位都在嚴肅地等待著。最後他開口了。

「不！」他說，臉色陰沉但語氣非常堅決，「我不後悔。那根本就不是什麼胡鬧！那很了不起！」

「什麼?!」獾喊起來，大為震驚，「你這個出爾反爾的傢伙！剛才，在那屋裡，你明明告訴我——」

「噢，是啊，是啊，我在那裡是說過，」蛤蟆不耐煩地說，「親愛的獾，你說得那麼感人，那麼有說服力，把你所有的看法都講得頭頭是道。在那屋裡，可以任意擺布我，這你知道。可是接下來，我左思右想，捫心自問，我發現我確實沒有一點遺憾或後悔。所以我不能做那樣的承諾。道理是這樣的不是嗎？」

「這麼說你是不打算答應我，」獾說，「永遠也不碰車了？」

「當然不答應！」蛤蟆斬釘截鐵地說，「正相反，我誠心誠意地向你保證，只要我看見一輛車，噗噗！我坐上就開走了！」

「我早就告訴過你了，是不是？」河鼠對鼴鼠說。

「那很好，」獾站了起來，堅決果斷地說，「既然你不聽勸的話，那我們就只能試試強硬手段了。我一直擔心會走到這一步。蛤蟆，你過去不總邀請我們三個來這幢漂亮房子裡跟你一起住嗎，好吧，我們現在就住進來。等哪天你改變主意了，我們再走，在此之前不會離開。你們兩個把他帶上樓，鎖在臥室裡，然後我們幾個再來商量辦法。」

「這是為你好，蛤蟆，你要明白。」蛤蟆連踢帶踹地掙扎，卻還是被兩個忠實的朋友拉上了樓。河鼠好心對他說：「你想想看，等你……等你治好了這場讓你痛苦的瘋病以後，我們就可以像從前一樣在一起玩耍了，該多麼有意思呀！」

「在你好起來之前，我們會幫你料理好一切的，蛤蟆。」鼴鼠說，「我們要盯著你，不能讓你像過去那樣亂花錢了。」

「再也不會有給警察添麻煩的事情了，蛤蟆。」河鼠說著把蛤蟆推進了臥室。

「再也不會讓你在醫院裡住上好幾個星期，聽憑那些女護士的支使了，蛤蟆。」鼴鼠加了一句，鎖上了他的房門。

他們下樓來，只聽見蛤蟆對著鎖眼一頓破口大罵。接著，三個朋友聚在一起商議對策。

「這事可有的拖了，」獾歎口氣說，「我從沒見過蛤蟆這樣死腦筋的動物。不管怎樣，我們要堅持到底。他一刻都不能沒人看守。我們要輪流值班守護，直到他中毒似的症狀消失為止。」

他們安排好了值班。每隻動物輪流在蛤蟆的臥室裡過夜，當然白天也要分段輪值。起初，對於幾個想要小心看守的朋友來說，蛤蟆實在很不好應付。他的狂熱病一發作，就把臥室裡的椅子擺成像輛汽車的樣子，自己蹲在最前面，身子前傾，兩眼緊盯著前方，嘴裡發出粗野可怕的叫嚷聲。瘋到極致時，他會翻一個大跟斗，攤開四肢趴在東倒西歪的椅子中間，暫時覺得心滿意足。

不過，隨著時間的推移，這種痛苦的狂熱病總算減輕了。他的朋友努力想把他的心思轉移到新的地方去，可是他對其他事物似乎一直提不起興趣，明顯變得無精打采、鬱鬱寡歡了。

一個晴朗的早晨，輪到河鼠值班，他上樓去接替獾。只見獾坐立不安，想來是急著要去他的樹林中，或是他的地下洞穴裡散散步。

「蛤蟆還在床上呢，」他在門外對河鼠說，「這傢伙整天沉默寡言，只會說『噢，別管我，我什麼也不要，也許馬上就會好的，到時候一切都會過去的，用不著太擔心了』什麼的。現在，你可要多個心眼啊！當蛤蟆變得安靜聽話，裝出一副好學生的模樣，就是他最狡猾的時候，肯定要耍什麼鬼把戲。我瞭解他。好了，現在我得走了。」

「今天感覺還好嗎，老弟？」河鼠走到蛤蟆的床邊，愉快地問道。

大約過了好幾分鐘，才傳來一個虛弱的聲音，回答說：「太感謝你了！親愛的河鼠。謝謝你的關心！但是先告訴我，你怎麼樣，還有我的鼴鼠老弟還好嗎？」

「噢，我們都很好。」河鼠答道。「鼴鼠嘛，」他不小心加上一句，「他跟獾一起散步去了，要到午飯時候才能回來。所以，你會和我一起愉快地度過一個上午。我會盡力讓你高興的。現在，跳下床來，好小子。這麼好的天氣，你可不要躺在床上悶悶不樂啊！」

「親愛的，善良的河鼠，」蛤蟆咕噥著，「你太不瞭解我現在的情況了，我怎麼還可能跳得下床呢？可能永遠也不會了！但是不要為我擔心，我猜這種狀態也不會很久了，我可不願成為朋友的累贅。說實話，我真的不希望這樣。」

「是啊，我也不希望。」河鼠誠懇地說，「這段時間你把我們大家都害慘了，我可高興聽到你說這一切快結束了。尤其是天氣這麼好，划船季節就要開始了！你實在太沒用了，蛤蟆！倒不是我們嫌麻煩，只是你讓我們錯過了很多東西！」

「恐怕你們還是會覺得麻煩，」蛤蟆有氣無力地說，「我非常能理解這一點。這是人之常情嘛。你們一直為我操心，已經煩透了。我可不能再要求你們做什麼了。我知道我是個麻煩精。」

「你確實是個麻煩精，」河鼠說，「不過我告訴你，只要你能成為一隻明事理的動物，我就願意去克服世界上所有的困難。」

「既然如此的話，河鼠，」蛤蟆低聲咕噥著，聲音更加虛弱了，「我求求你——也許這是最後一次了——趕緊到村裡去——有可能已經太晚了——請個醫生來。你還是別操這份心了。這只會是個麻煩，也許我們還是順其自然吧。」

「為什麼，你要請醫生幹嘛？」河鼠問。他走近了些，仔細觀察他。蛤蟆確實安靜地平躺在床上，聲音更微弱，神態也大變了。

「你一定注意到——」蛤蟆喃喃道，「啊不——你幹嘛要注意呢？那只會徒增煩惱。真的到了明天，也許你就會說『唉，我要是早點注意到就好了！我要是當時做點什麼就好了！』不不，這太麻煩了。沒關係，忘掉我剛才說的話吧。」

「聽我說，老兄，」河鼠說，他開始緊張起來，「如果你真的覺得自己需要醫生，我當然會替你去請的。但你還沒糟糕到那個地步呢，讓我們來聊點別的吧。」

「我害怕，親愛的朋友，」蛤蟆苦笑著說，「這種情況下光是聊聊，已經沒什麼用了——恐怕連醫生也無能為力了。只是想抓住最輕的一根稻草啊。順便說一句，我忽然想起來，你去請醫生的時候，正好會經過律師家門口，能否幫我把律師也請來？那樣我就方便了，因為有些時候——也許就是這時候——你必須要面對一些不愉快的事情，無論它要耗費多大精力。」

「請律師！哎呀，看來他是真的病得厲害了！」驚慌失措的河鼠邊自言自語地說著，邊匆匆走出房間，倒還沒忘記仔細鎖好門。

走到屋外，他才冷靜下來想了想。那兩位都出門了，眼下他也沒有可以商量的人。

「最好還是小心點，」他考慮了一會兒說，「蛤蟆從前是胡思亂想過，無緣無故地覺得自己病入膏肓，不過還從來沒聽過他要請律師！要是真沒毛病，醫生會告訴他，頂多罵他是個大蠢驢，然後讓他振作起來。如果是那樣，也算有所收穫。我還是遷就他一次，跑一趟，花不了多長時間。」於是，他懷著行善的使命，向村子跑去。

一聽到鑰匙在鎖眼裡轉動的聲音，蛤蟆立馬輕輕跳下床，在窗口焦急地望著河鼠，直到他在車道上消失不見。接著，他開懷大笑起來，以迅雷不及掩耳之勢隨手抓到一件最帥的衣服，再從梳妝檯的一個小抽屜裡取出一疊現金，塞滿了口袋。接下來，他又把床單全都打成結接起來，又把這根臨時結成的繩子的一端拴在他那漂亮的都鐸王朝式的窗框上，那可是他臥室的一大特色。就這樣，他順勢爬出窗戶，順著繩子輕輕滑到地面上，朝著與河鼠相反的方向，吹著快樂的口哨，大搖大擺地揚長而去。

獾和鼴鼠回來了，他們看到河鼠正意興闌珊地吃著午餐。接著，他們就在餐桌上聽到了那難以置信的淒慘故事。想想就知道，獾毫不留情地挖苦了河鼠一番，更讓河鼠難受的是，就連一向站在他那一邊的鼴鼠，也忍不住說：「河鼠，這回你可是有點糊塗！蛤蟆就更甚了！」

「他可真是裝到家了！」河鼠垂頭喪氣地說。

「他可真是把你騙到家了！」獾怒氣沖沖地說，「不管怎樣，光在這裡動嘴皮子於事無補。這時候他肯定已經跑得很遠了。最糟糕的是，他總是自作聰明，不可一世，什麼傻事都幹得出來。唯一欣慰的是，現在我們自由了，不必再把寶貴時間浪費在看住他上了。不過，我們最好還是在蛤蟆莊園裡多住上些日子。因為蛤蟆隨時都有可能被送回來——不是在擔架上，就是被兩個警察押回來。」

話雖如此，但獾也並不能預知未來的旦夕禍福，也不知道蛤蟆要歷經多少磨難，才能舒舒服服地回到他的祖傳宅邸裡。

這時候，蛤蟆、那個只知自己快活而不負責任的傢伙，正沿著公路輕快地走著，轉眼已經離家好幾英里了。一開始，他專挑小路走，穿過一片片田野，為了防止有人跟蹤，還換了好幾次路線。如今，他又重新獲得安全了，太陽正對他燦爛地微笑，大自然合唱起了一首頌歌，正是他內心那首自我讚美的歌。他心滿意足，得意洋洋，一路上幾乎都在跳舞。

「做得真漂亮！」他咯咯笑著自言自語，「以智力反抗暴力，智力最終戰勝了——這是必然的。可憐的河鼠！哈哈，等獾回來，抓到他就是一頓罵！人倒是滿好的，優點也很多，但就是不夠聰明，根本沒受過教育。總有一天，我要親自調教他，看能不能把他培養出個什麼。」

他滿腦子都是些狂妄自大的想法，一路昂首闊步向前走著，直接來到了一座小鎮。就在中心街道上，掛著一幅招牌——「紅獅」。

走了這麼長的路，他的肚子確實餓極了，立刻想起了今天還沒有吃過早餐。他大步流星地走進旅館裡，要了份能最快速供應的美味午餐，就優閒地坐在咖啡室裡大快朵頤起來。

午餐剛吃到一半，他就聽到街上傳來一個異常熟悉的聲音，由遠而近，驚得他渾身一驚，瑟瑟發抖起來。那噗噗聲越來越近，聽得出來，是一輛汽車拐彎開進了旅館的院子，然後停了下來。蛤蟆牢牢抓住桌腿，好掩飾住自己激動的情緒。接著，那夥人走進了咖啡室。他們看起來很餓，而且有說有笑的，滔滔不絕地聊著一個上午的經歷，稱讚著他們那輛汽車的優秀性能。蛤蟆全神貫注地聽了一會兒。

最後，他終於按捺不住，悄悄溜出咖啡室，到櫃檯付了帳，就偷偷繞到旅館的院子裡去了。「只是看一眼罷了！」他對自己說，「沒關係。」

汽車就停在院子當中，因為馬廄工人和其他隨從都進屋吃飯去了，所以無人看管。蛤蟆慢吞吞地繞著汽車打轉，仔細打量著、品味著，陷入了深深的思索。

「我不知道，」他忽然問自己，「不知道這種車發動起來是不是很容易？」

一眨眼工夫，不知怎麼回事，他已經鬼使神差地握住了方向盤，然後轉動了一下。熟悉的聲音響了起來，從前的瘋狂激情又一股腦衝了上來，瞬間點燃了他的全身。他像做夢一樣，坐在了駕駛座上，像做夢一樣，拉動了排檔桿，開著車子在院子裡繞圈，緊接著就駛出了大門。什麼是非對錯、什麼顧慮擔憂，全都一股腦拋到了九霄雲外。他加快車速，在街道上飛馳，躍上公路，跨過田野。他只意識到自己又成了那個至高無上的蛤蟆，不可一世的蛤蟆，馬路殺手、小徑霸王，人人在他面前都得讓路，要不然就會被壓得粉身碎骨，再也見不到明天的太陽。

他開車一路狂奔，引吭高歌，那車也發出隆隆的聲響，好似應和他的歌聲。一英里又一英里從他的車底下消逝而過，他不知道究竟要駛向何處，只為了滿足自己的天性，享受眼前的痛快，根本不管接下來的後果。

「依我看來，」首席法官義正詞嚴地說，「這件案子已經非常明瞭了，唯一的困難是，對於這個總縮在被告席上的不可救藥的無賴、這個不思悔改的壞蛋，該怎樣給他點顏色看看。容我想想，他犯罪的證據確鑿無疑：第一，他偷了一輛昂貴的汽車；第二，他的瘋狂駕駛造成了公共危險；第三，他對鄉村警察視若無睹。書記官先生，請你告訴我們，這其中的每一項罪行，能判的最嚴厲的處罰是什麼？當然前提是，不能給犯人任何申辯的機會，一點機會都不可能有。」

書記官用他的鋼筆桿刮刮鼻子，評論道：「有人會認為他最大的罪行是偷汽車，的確如此。不過要說應該受到最嚴厲的懲罰的無疑是冒犯警察這一條。假如盜車罪要拘禁一年——那是很輕的；瘋狂駕駛要拘禁三年——那也是很寬容了；侮辱警察就要拘禁十五年——根據證人陳述的證詞（哪怕你只相信其中的十分之一，反正我是從來不信的）。他無理取鬧的行徑極其惡劣。這些罪名加在一起，一共要判十九年——」

「好極了！」首席法官說。

「——您不如乾脆湊個整數，關他二十年左右，這樣更保險。」書記官加上一句。

「這真是個不錯的建議！」首席法官稱讚說，「犯人！聽好，站直了。這一回判你二十年拘禁。記住了，以後不管犯了什麼罪，我們都要重重懲罰你！」

於是，粗暴的獄吏一齊撲向倒楣的蛤蟆，給他戴上鐐銬，拉出法庭，穿過市場，任憑他又是尖叫，又是哀求，又是抗議。市場上那些遊手好閒之輩通常對通緝犯會表示出些許同情和幫助，而對已確認的罪犯卻疾言厲色，紛紛向他投來嘲笑的目光，扔來胡蘿蔔，喊著抗議口號。他被拖著經過一群起鬨的學生，當他們看到一位紳士身處窘境時，天真的小臉上露出了幸災樂禍的表情。

就這樣，蛤蟆被一路押送著走過軋軋作響的吊橋，穿過布滿鐵釘的鐵閘門底，鑽過森嚴古堡裡的可怕拱道，上面高聳著威嚴的塔樓。經過下了班的警衛室時，他們對著他笑得齜牙咧嘴；路過站崗的哨兵時，他用咳嗽來掩飾嘲笑，因為這是他當班時，唯一可以對罪犯表示蔑視的方法；走上一段破舊的旋轉樓梯時，穿著鋼盔鐵甲的武士，從他們頭盔裡投來惡狠狠的目光；穿過監獄院子時，院裡凶惡的猛犬想要掙脫皮帶，揮舞著爪子向他撲來；經過年老的獄卒身邊時，他們的長戟斜靠在牆邊，對著一個肉派和一罐啤酒打盹；又走呀走，經過了拉肢拷問室、夾指室，走過通向祕密絞刑架的路口，一直走到監獄最深處那間最陰森的地牢門口。

最後，他們在這裡停了下來，一個年老的獄卒坐在門前，手裡擺弄著一串沉甸甸的鑰匙。

「小老頭！」警官說著摘下頭盔，擦了擦額頭上的汗，「醒醒，老懶蟲，輪到你來接管我們手裡這隻大壞蛋蛤蟆了。他是個十惡不赦、詭計多端的罪犯。灰鬍子老頭，你可要竭盡全力把他看好，如有閃失，你這顆老人頭就不保了——你們兩個都要倒楣！」

獄卒陰著臉點點頭，把他乾瘦的手搭在可憐的蛤蟆肩上。生了鏽的鑰匙在鎖眼裡咔嗒一聲，笨重的牢門在他們身後哐噹一下關上了。

於是，蛤蟆就成了整片快樂的英國國土上，這個最堅固的城堡裡、最戒備森嚴的監獄裡、最隱祕的地牢裡，一個最可憐無助的囚犯。

7 黎明時分的吹笛人

柳林裡的林鶯躲在河岸邊黑黝黝的樹林裡，唱著清亮的歌曲。雖然已經過了晚上十點，天色依然留戀地保留著白天逝去的餘暉。午後悶熱的氣息，在短暫的仲夏夜清涼手指的撫摸中，漸漸消散了。鼴鼠敞開四肢躺在岸邊，等待著他朋友歸來。萬里無雲的熱天氣，從清晨直到日落，壓得他現在還在大口喘著氣。他和一些朋友一直待在河邊上，而河鼠則自己去水獺家參加一次約定已久的聚會。

鼴鼠回來時，發現屋裡一片黑漆漆，空無一人，不見河鼠的蹤影。河鼠一定是在他的老朋友家裡待久了。這種天氣，待在家裡還是太熱，鼴鼠就躺在一些涼快的大羊蹄上，回想著這一天經歷的種種事情是多麼有意思。

不一會兒，他就聽見河鼠踏著輕輕的腳步，從乾草地走來。「噢，多麼涼快呀！」他說著坐下來，滿臉心事地望著河水，一聲不吭。

「你一定是留下來吃晚飯了吧？」鼴鼠問。

「盛情難卻啊，」河鼠說，「他們怎麼都不肯讓我走。你知道的，他們向來為人熱情，把一切都安排得井井有條。不過，我心裡一直覺得很不是滋味，因為我看得出來，他們並不開心，儘管都在拚命掩飾。鼴鼠，我擔心他們遇上麻煩了。小胖子又走丟了。你知道，雖然他父親嘴上不說，但心裡有多麼想念他。」

「什麼？那個孩子嗎？」鼴鼠漫不經心地問著，「好吧，就算他走丟了，又有什麼好擔心的？他常常如此，過一陣又回來了。他太喜歡冒險，好在還沒有出過什麼事。這一帶的居民都認識他、喜歡他，就像他們喜歡老水獺一樣。你大可放心，總有一天，不知哪個動物會碰上他，然後安然無恙地把他送回家的。你瞧，我們自己也在好幾英里外找到過他，他還玩得挺瀟灑、挺快活的！」

「話雖如此，但是這次可嚴重多了，」河鼠沉重地說，「他已經失蹤好多天了，水獺夫婦爬上爬下，四處尋找，卻毫無蹤跡。他們也向這方圓幾英里的每隻動物打聽過，但是沒人知道關於他的任何消息。水獺這次顯然很急，雖然他不肯承認。我聽他說，小胖游泳還沒學會，看得出來，他是在擔心那座河壩。每年的這個時候，大量的水傾瀉而下，而那對小孩子來說總是那麼有吸引力。況且那裡還有——呃，陷阱之類的，你知道的。水獺可不是那種會過早為兒子擔心的動物，但是現在，他已經感到惶惶不安了。我走時，他提出了要送我出來，說是想透透氣、活動一下筋骨。但我看得出來，根本不是這樣的，於是，我把他拉出來追問，他才終於交代了一切。原來他是準備要去淺灘邊守上一個通宵。就是過去那座橋建起以前那個淺灘，你知道嗎？」

「知道，而且很熟悉，」鼴鼠說，「只是水獺為什麼選擇去那個地方等呢？」

「嗯，看起來那好像是他第一次教小胖游泳的地方，」河鼠接著說，「就在靠近河岸的淺水沙灘，那裡也是他經常教小胖釣魚的地方。小胖在那裡抓到了人生的第一條魚，為這件事他覺得可驕傲了。那孩子喜歡這地方，所以水獺覺得，如果這個可憐的小傢伙現在在外遊蕩的話，很有可能會回到他最喜歡的這個淺灘來。要是他碰巧經過那裡，想起這地方，也許會停下來玩玩的。所以水獺每晚都去那裡守著，碰碰運氣！」

他倆一時沉默了，腦中都縈繞著同一件事——漫漫長夜，那個孤獨又傷心的動物，蹲在淺灘邊，遙望守候，只是為了碰碰運氣。

「好了，好了，我想我們該進屋睡覺了。」河鼠嘴上說著，身體卻一點也沒有要動的意思。

「河鼠，」鼴鼠說，「我真的無法就這樣回屋睡大覺。即便幫不上什麼大忙，我們也可以把船划出來，順流而上，再過差不多一小時，月亮就升起來了，然後我們就可以藉著月光尋找小胖了——不管怎麼說，總比什麼也不做就上床睡覺好呀。」

「我也是這樣想的，」河鼠說，「反正這樣的夜晚，也不適合上床睡覺的。離天亮也不遠了，一路上，我們還可以從早起的動物那裡打聽小胖的消息。」

他們把船划出來，河鼠抓起船槳，小心翼翼地划著。河中央有一條狹長清澈的水流，隱約映照出了天空。但兩岸的矮樹叢和大樹在水中的倒影，看起來跟河岸一樣真實，因此鼴鼠只能根據他的判斷來掌舵了。

夜色深沉，杳無人跡，夜空中充滿了各種細微的聲音，歌聲、竊竊私語聲，還有窸窸窣窣的聲音，表明那些忙碌的小動物都還沒有休息，正在通宵達旦地工作，直到初升的太陽照到他們身上，催促他們盡快回屋休息。河水本身的聲音也比白天更清楚，那汩汩聲和噗噗聲好像近在咫尺。他們時不時還會被突如其來的一個清晰聲音嚇一跳。

在天空的映襯下，地平線顯得格外清晰。在某個特定的地方，一片銀色磷光越升越高，襯得地平線分外黝黑。月亮在大地邊際莊嚴地緩緩升起，最後，它完全擺脫了地平線，自由自在地高懸空中。此刻，他們重新看到了地面——連綿的草地、幽靜的花園，還有夾在兩岸之間的整條河，全都溫柔地顯露了出來。

神祕和恐怖一掃而光，周圍明亮得如同白天一般，不過又大有不同。他們常去的老地方好似換了一副新模樣在歡迎他們。就如同它偷偷溜走了，換上一身乾淨的新衣裳，又悄悄回來，羞怯地微笑著，看他們是不是還認得它。

兩個朋友把他們的小船拴在一棵柳樹上，就登上了這靜謐的銀色王國。他們耐心地在矮樹叢、樹洞、隧道、水溝、溝壑和乾河道裡搜索著，然後又重新上船，划到對岸。就這樣，他們沿河一路找過去。

此時，那輪明月寧靜地高懸在無雲的夜空中，儘管離得這麼遠，卻盡可能地幫他們尋找。直到時間將近，她才不得不沉下去，離開了他們。

神祕再一次籠罩了田野與河流。

一切慢慢地開始發生變化。地平線愈來愈清晰，田野和樹林也更加清楚了，就連樣子也有了些不同，神祕的氣息開始消散。一隻鳥突然發出一聲鳴叫，而後又沒了聲息。一陣微風吹來，蘆葦和香蒲沙沙作響。

鼴鼠划著船，坐在船尾的河鼠忽然挺直了身子，激動地豎起耳朵傾聽。而鼴鼠只是划船保持著前進，仔細觀察著河岸，還不時有些好奇地望著河鼠。

「聲音消失了！」河鼠歎了口氣，倒回到他的座位上。「多麼美呀！多麼奇妙呀！多麼新鮮呀！這麼快就結束了，我真希望自己從來也沒有聽到過它。它喚起了我心裡一種痛苦的渴望，沒有什麼比它更有意義了。我只想再聽到這個聲音，永遠聽下去！不對！它又來了！」他喊道，再次聚精會神起來，完全沉浸其中，沉默許久，聽得著了迷。

「聲音又快要消失了，我快聽不到了，」河鼠又說，「噢，鼴鼠！它多麼美！就像一連串的喜悅之聲，就似遠方那細柔、清脆、歡快的呼喚！我做夢也沒有聽到過這樣的音樂。這呼喚無比強烈，甚至超過了甜美的音樂！往前划，鼴鼠，快划！因為那音樂和呼喚一定是對著我們來的！」

鼴鼠驚訝極了，但還是服從了。「我什麼也沒聽見，」他說，「只聽見蘆葦、燈芯草和柳林中的風聲。」

他的話，河鼠即便聽到了，也沒有回答。他心醉神迷，渾身顫抖，所有的心思都被這全新的奇妙事物所占據。這聲音緊緊抓住了他無力抗拒的靈魂，震撼著他、撫摸著他，像抱著一個非常柔弱但充滿幸福的嬰兒。

鼴鼠默默划著船，他們很快來到了這條河分流的地方，一股長長的回流奔向一邊。早就放下舵的河鼠輕輕動了動腦袋，示意鼴鼠向著回流划去。天色越來越亮，他們現在已經能看清鮮花的顏色了，它們如寶石般點綴著河的兩岸。

「越來越近，越來越清楚了，」河鼠高興地叫道，「現在你一定也聽見了吧！啊哈——終於——我看得出來你聽到了！」

那如流水般快活的笛聲浪花似的向鼴鼠湧來，把他徹底捲走、占有。鼴鼠屏息凝神地呆坐著，完全忘了划船。他看到了夥伴臉頰上的淚水，低頭凝思，似乎明白了什麼。有好一會兒，他們倆就停在那裡，任河邊紫色的千屈菜在他們身上拂來拂去。隨後，那清晰又迫切的召喚伴隨著迷人的旋律，完全征服了鼴鼠，讓他又不由自主地彎下腰去，划起船來。

天色越來越亮了，但是鳥兒卻沒有在黎明時分照常歌唱。除了那美妙的天籟，萬物都安靜得令人感到奇怪。

他們的船繼續向前行進。在那個早晨，河水兩岸的豐美草地，看起來無比清新翠綠。他們從沒見過如此鮮豔的玫瑰，如此茂盛的垂柳，如此香氣撲鼻的繡線菊。前方河壩的隆隆聲已從空氣中傳來。

他們感到離終點已經不遠了。不管將會出現什麼，肯定正在等待著他們。

一座大壩把整條回流攔腰截斷，出現了一個寬闊明亮的半圓形綠色水坡。漩渦無數，泡沫飛濺，擾亂了整個平靜的水面；它那莊嚴又親切的隆隆聲蓋過了所有其他的聲音。在大壩那閃光臂膀的環抱中，安臥著一個小島，四周密密層層長著柳樹、白樺和樘木。它害羞地躲起來，意味深長地將所有的事物藏在一層輕紗後面，等時間一到，才向那些被召喚和選中的人袒露。

兩隻動物懷著莊嚴的期待，毫不遲疑地穿過喧囂起伏的河水，把船停在了鮮花繁盛的岸邊。他們悄悄上了岸，穿過花叢、芳香四溢的野草和灌木林向前走，一路來到平地，直到他們站上一片翠綠的小草坪。四周環繞著大自然自己的果樹——酸蘋果樹、野櫻桃樹，還有野刺李樹。

「這是我夢中的歌曲之鄉，是音樂為我奏響的地方，」河鼠恍惚地低語，「這裡，在這個神奇的地方，我們肯定會找到祂。」

鼴鼠忽然產生了一種敬畏之情，他全身肌肉變得柔軟，低垂下頭，雙腳在地上生了根。那不是一種驚恐——事實上，他感到異常寧靜和快樂——那是一種襲上心頭並且牢牢攫住他的敬畏感。他不用看就知道，一個神聖威嚴的存在就近在眼前。他費力地轉過身去找他的朋友，只見河鼠誠惶誠恐地站在旁邊，渾身劇烈地顫抖著。

周圍棲滿了鳥雀的樹枝上依舊一片寂靜。天色越來越亮了。

鼴鼠或許永遠也不敢抬起頭來看一眼。現在，笛聲雖然已經停止，但那種召喚卻好像依舊那麼霸道地控制著他。他無法抗拒，哪怕死神馬上在等著擊垮他，他也不能不用肉眼去看一眼那隱藏著的東西。他顫抖著服從這個意願，抬起了他謙卑的頭。就在黎明破曉前那無比純淨的氛圍裡，五彩繽紛的大自然看似正屏息靜待著一件大事。

在日漸明亮的光線中，他直視著那位朋友和救主的眼睛，看到一對向後彎曲的犄角；看到一雙和藹的眼睛，正低下頭來看著他們，善意的雙眼間有著一個剛毅的鷹鉤鼻；看到一張長著大鬍子的嘴巴，嘴角露著微笑；看到一條肌肉起伏的手臂，橫放在寬厚的胸前，修長而柔韌的手，仍握著那支剛剛離開嘴唇的牧神之笛；看到兩條線條優美、毛茸茸的雙腿舒服地盤坐在草地上；最後，他看到在兩蹄之間，依偎著那個圓滾滾、胖嘟嘟、孩子氣的小水獺。

這一刻，他屏氣凝神，清楚地看到了晨曦中的這一切。他看到了這一切，但依然活著，正因為如此，他覺得驚訝極了。

「河鼠，」緩過神來的鼴鼠，戰戰兢兢地低聲說，「你害怕嗎？」

「害怕？」河鼠喃喃地說，眼睛中閃爍著難以描述的敬愛。「害怕？怕他？噢，從來不！從來不！不過……不過……噢，鼴鼠，我是有一點！」

接著，兩隻動物趴在地上，低頭膜拜起來。

忽然間，一輪金黃的太陽從對面的地平線上升起來。清晨的第一束光，穿過平坦的水草地，照射到兩隻動物的眼睛裡，令他們眼花撩亂。等他們能再次看清東西時，那奇異的景象已經消失了，空中迴蕩著鳥兒迎接黎明的頌歌。

他們茫然地望著，慢慢地意識到，他們又失去了看到的這一切，心裡有一種說不出的難過。這時，一陣悠然的微風從水面上吹來，搖著白楊樹，晃著帶有露水的玫瑰，輕柔、愛撫地吹拂到他們臉上，令他們瞬間忘卻了一切。

為了不讓絲毫可怕的記憶留在從困境中獲救的小動物的腦海中，漸漸滋長，給歡樂蒙上陰影，破壞他們今後的生活，為了讓他們像從前那樣過得輕鬆快活，那位善良的半人半神者，送給他現身幫助過的動物，最後和最好的一件禮物，那就是遺忘。

鼴鼠揉揉眼睛，望著此時正茫然回顧的河鼠。「對不起，你說什麼呢，河鼠？」他問。

「我只是想說，」河鼠慢吞吞地回答，「這才是我們要找的地方，我們就應該在這裡找到他。瞧！哈！他不就在那裡嗎，那個小傢伙！」河鼠歡呼著，向沉睡的小胖奔去。

但鼹鼠還呆呆站在原地發愣，就像一個人突然從美夢中驚醒，拚命想要記起這個夢來，卻什麼也想不起來，只是依稀覺得夢很美，美極了！緊接著，連那點美也消失了。做夢的人只好痛苦地接受醒來之後的冷酷現實和它的懲罰。於是，鼹鼠絞盡腦汁想了一會兒，傷心地搖搖頭，跟著河鼠去了。

醒來後的小胖看到父親的兩位朋友，發出了一聲快活的尖叫，高興地扭動著身子。要知道，他們從前經常跟他一起玩。然而，轉眼他就一臉茫然地一圈圈尋找著什麼，趴在地上發出乞求般的哀叫，就像一個在奶媽懷裡幸福入睡的孩子，醒來發現自己獨自躺在一個陌生的地方。於是他到處找呀找，跑遍了所有的房間，搜遍了每一處角落和櫃子，心裡越來越失落。最後，小胖固執地找遍了整座小島，完全陷入了絕望。他只好放棄，坐在地上傷心地大哭起來。鼹鼠趕緊跑過去安慰這小動物，河鼠卻停在原地，滿懷疑惑地久久盯著草地上一些深深的蹄印。

「有個——偉大的——動物——來過這裡。」他若有所思地慢慢說著，他站在那裡左思右想，腦海中被攪得一團亂。

「快過來，河鼠！」鼹鼠喊，「想想可憐的老水獺吧，他還在淺灘等著呢！」

他們答應小胖，帶他坐上河鼠先生的船，好好玩一次。小胖的心情立馬就陰轉晴了。兩隻動物把他帶到水邊，上了船，讓他安穩地坐在他們兩個中間，隨後划著船順流而下。

此時，太陽升起在空中，曬得他們身上暖洋洋的。鳥兒縱情歌唱，兩岸的鮮花對著他們點頭微笑。但不知怎的，兩隻小動物覺得——總是比不上剛剛在什麼地方見過的花兒那樣鮮豔多姿——究竟是在哪裡呢？

他們又來到了大河，調轉船頭沿河而上，朝他們朋友孤零零守候的地點划去。快接近那個熟悉的淺灘時，鼴鼠把船划到了岸邊，把小胖扶上了岸，讓他站在拉縴的小道上開步走，又在他背上拍了拍，算是友善的道別，然後就把船划到了河中央。他們看著那個小傢伙大搖大擺、志得意滿地沿著小道走去，只見他忽然抬起了鼻子，搖搖擺擺的步子一下子變成跌跌撞撞的快步，扭著身子尖叫著打招呼。他們朝河的上游望去，只見老水獺縱身躍起，跳出了他耐心蹲守的淺水灘，表情既緊張又嚴肅。他們可以聽到他穿過柳林跑上小道時發出的驚喜叫聲。

這時，鼴鼠用力把船槳一划，調轉船頭，讓漲滿的河水再次帶他們而去。他們的搜尋任務已經圓滿結束了。

「我覺得出奇的疲倦，河鼠。」鼴鼠說著，有氣無力地趴在船槳上，任船順著河水漂流，「你也許會說，是因為我們一整晚沒睡。可是這算不了什麼。每年這個季節，我們每個禮拜有一半的晚上是不睡覺的。不，我覺得自己好像經歷了一件驚心動魄的事，它似乎剛結束，但又並沒有什麼特別的事發生。」

「或者說是某種非常驚人、燦爛、美好的事情。」河鼠向後靠著，閉上眼睛咕噥，「我的感覺跟你一模一樣，鼴鼠，簡直累得要命，但不是身體上的，幸虧還有這條河把我們送回家。我又享受到陽光曬在身上，暖到骨裡的感覺了，多麼快活呀！你聽，風在蘆葦叢中吹曲子呢。」

「它像音樂——遙遠的音樂。」鼴鼠瞌睡著點著頭說。

「我也這麼想，」河鼠做夢般軟綿綿地說，「舞蹈音樂——那種節奏輕快、不絕於耳的音樂——還帶著歌詞——一下是歌詞，一下又變成音樂了——我能斷斷續續聽到幾句——接著它再一次變成了舞蹈音樂——然後什麼也聽不到了，只剩下蘆葦輕柔的窸窣聲。」

「你的耳朵比我好，」鼴鼠難過地說，「我聽不見歌詞。」

「讓我試著把歌詞念給你聽，」河鼠輕聲說，他的眼睛依舊閉著，「現在歌詞又來了，很輕但很清楚——『為了不讓敬畏留在心上——不讓歡笑變為煩惱——你將在需要幫助的時候，看到我的力量——過後你就把它忘記！』現在蘆葦聲又接著唱了——『忘記吧，忘記吧。』聲音低下去變成沙沙的耳語。接著歌詞又回來了——

「『為了不讓手腳紅腫割破——我鬆開設下的陷阱——你們就可以看見我——因為你們將會忘記！』鼴鼠，靠蘆葦近一點！很難聽清楚，聲音越來越小了。

「『很高興，我是救援者，我是救治者──潮溼山林裡的小小流浪者，我找到在裡面流浪的他們，為他們包紮傷口──讓他們把一切都忘記！』划近些，鼴鼠，再划近些；不行，沒有用了；歌聲已經消失，變成了蘆葦的窸窣聲。」

「不過這歌詞是什麼意思？」鼴鼠好奇地問。

「這我也不知道，」河鼠坦白說道，「我聽到什麼就都告訴你了。啊！歌聲又回來了，這回它們既響亮又清楚！這回終於是真的了，絕對錯不了，簡單、熱情、完美！」

「那好，接下來讓我也聽聽吧！」鼴鼠說，在烈日下，他耐心等了好幾分鐘，已然昏昏欲睡了。

可是沒有回答。他瞄了一眼，就明白了如此寂靜的原因。河鼠臉上帶著快樂的微笑、全神貫注聆聽的神情，沉沉睡熟了。

8 蛤蟆歷險記

蛤蟆被關進一座陰森難聞的地牢後，他明白，一座暗無天日的中世紀城堡，將他和外面陽光燦爛、公路遍布的世界徹底隔絕開來了。不久前，他還在那裡縱情飛馳，就好像英國所有的道路全都被他買下了一樣。他不由得一頭栽倒在地上，眼淚直流，陷入了無限絕望之中。

「一切都玩完了，」他說，「至少蛤蟆的事業是完蛋了，反正都一樣。那個英俊瀟灑、風流倜儻、家財萬貫、熱情好客、自由自在的蛤蟆徹底完了！我怎還能奢望重獲自由呢？我膽大妄為，偷了人家一輛炫酷的汽車，還恬不知恥、粗暴無禮地對一大幫紅臉的胖警察胡說八道。我這是罪有應得！」說到這裡，他便哽咽地說不出話來。

「我真是個愚貨，」他說，「現在，我必須在這個地牢裡苟延殘喘下去，直到那些曾經以認識我為榮的人，把蛤蟆的名字徹底忘了為止！噢，聰明的老獾啊！機靈的河鼠和懂事的鼴鼠啊！你們當初的判斷是多麼正確，見識是多麼豐富啊！噢，如今我一個人在這裡，被不幸地拋棄啊！」

他日夜不停地哀歎著這些話，整整幾個禮拜都拒絕吃一口飯或是點心。那位嚴肅的獄卒知道蛤蟆的口袋裡裝滿了錢，時不時提醒他，如果拿出點來，就可以安排從監獄外面送點必需品，甚至是奢侈品。但蛤蟆，硬是什麼也不吃。

話說這位獄卒有個善良可愛的女兒，偶爾會幫忙父親做點監獄裡的工作。她特別喜歡動物，還養了隻金絲雀。那個鳥籠子白天掛在監獄厚牆的一枚釘子上，吵得那些吃過午飯，想打個盹的犯人煩惱極了。到了晚上，她就把鳥籠放在大廳裡的桌子上，用布蓋著。另外，她還養了幾隻花斑鼠和一隻不停轉圈的松鼠。聽說了蛤蟆的悲慘遭遇後，這個好心的女孩非常同情他。

有一天，她對父親說：「爸爸！我不忍心看著那隻可憐的動物如此難過，日漸消瘦。你就讓我來管他吧。你知道我有多麼喜歡動物。我要讓他在我手裡變得振作起來，讓他開始吃東西，還能做各種各樣的事。」

她父親答應了，將蛤蟆交給她任由她處置。他早就煩透了蛤蟆的怪脾氣，不想看他那副趾高氣揚的討厭樣。於是有一天，她做了件好事，敲開了蛤蟆的牢門。

「嘿，蛤蟆，振作起來，」她一進門就說，「坐起來把眼淚擦乾，吃口晚餐看看，做個懂事的動物。喏，我給你帶來了一些我親手做的東西，剛出爐的，還熱氣騰騰的呢。」

好心的女孩做了一份馬鈴薯炒高麗菜，把它扣在兩個盤子中間。香氣瀰漫在狹小的牢房中，鑽進了蛤蟆的鼻孔裡，他正可憐兮兮地躺在地上。這讓他一時間覺得，生活也許並沒有想像的那麼空虛和絕望。但他依然忍不住哀號著，踢著兩條腿，拒絕吃東西。於是，聰明的女孩退了出去，不過，熱氣騰騰的高麗菜的香味還留在牢房裡。

蛤蟆聞著香味，一邊抽泣一邊思索著，一些振奮人心的新想法開始在他腦中浮現。他想到了騎士氣概，想到了詩歌，還有等待著他完成的功績；想到了廣闊的草原，陽光下，微風中，在草地上吃草的牛羊；想到了菜園，整齊的樹籬，暖陽中被蜜蜂包圍著的金魚草；還想到了蛤蟆莊園裡盤子在餐桌上好聽的叮叮噹噹聲，還有大家吃飯時，拉近椅子腳磨著地板的嚓嚓聲。狹小牢房裡的空氣彷彿呈現出玫瑰色。他開始想到自己的朋友，他們一定會想辦法做點什麼的；還想到了律師，他們一定會對他的案子感興趣。他是多麼蠢啊，竟沒有請幾個律師來。最後，他想到自己的非凡智慧，只要他動動自己那偉大的腦袋，一切事情都解決了。想到這裡，他的心情差不多就好了。

幾個鐘頭後，女孩回來了。她端著一個托盤。盤裡是一杯熱呼呼的香茶，還有滿滿一盤熱騰騰奶油土司，切得很厚、兩面烤得焦黃。奶油順著麵包孔滴下來，大滴的金黃色，好像蜂巢裡流出來的蜜。奶油麵包的香味，簡直在跟蛤蟆講話，說得一點也不含糊。它講到溫暖的廚房，晴朗霜晨的早餐；講到冬日夜晚，剛剛散步回來，坐在一爐舒適的旺火邊，穿著拖鞋的腳擱在壁爐的架子上；講到心滿意足的貓咪打著呼嚕，昏昏欲睡的金絲雀在啾啾叫著。

蛤蟆再次挺直了坐起來，擦乾眼淚，抿了一口茶，嚼起了土司，隨口開始談起了他自己的房子，講起在那裡做的事，以及他有多麼重要，那麼多的朋友都還記著他。

獄卒的女兒看到這話題就跟茶點一樣，對蛤蟆發揮了作用，就鼓勵他繼續說下去。

「跟我說說你的蛤蟆莊園吧，」她說，「聽起來很美麗。」

「蛤蟆莊園嘛，」蛤蟆得意地說道，「是一座無與倫比的獨棟紳士住宅。始建於十四世紀，但現在裡面到處都是現代化設施和衛生設備。而且到教堂、郵局、高爾夫球場都只要五分鐘。適合於——」

「上帝保佑你這動物，」女孩哈哈大笑說，「我可沒有想要買它。跟我說說關於它的一些真實情況吧。不過，你得先等我再拿點茶和土司來。」

她小跑著走開，馬上又端來一盤吃的。蛤蟆貪婪地埋頭吃著土司，情緒多少又恢復到了往常的樣子。他向她娓娓道來，關於他的船庫、魚塘，還有圍牆裡的老菜園；他的豬圈、馬廄、鴿子棚和雞舍；他的牛奶棚、洗衣房、瓷器櫃，還有熨衣板（他尤其喜歡這個東西）；他的宴會廳，動物圍坐在餐桌旁聚會時的樂趣。蛤蟆意氣風發，又是唱歌，又是講故事，一如他往常那樣。接著，她還對蛤蟆的動物朋友產生了興趣，興致勃勃地聽他講，他們是如何生活、如何打發時間的。當然了，她沒有告訴蛤蟆，她喜歡把動物當成寵物，因為這樣必然會引起蛤蟆的反感。

最後，她為他盛滿了水罐，抖鬆了乾草。當他們告別的時候，蛤蟆已經變回從前那個沾沾自喜、得意洋洋的動物了。他哼了一兩首過去在宴會上常唱的歌曲，躺在乾草裡，蜷著身子，做了個美夢。

從那之後，在一個又一個沉悶的日子裡，他們在一起聊了很多有趣的話題。獄卒的女兒也越來越為蛤蟆的遭遇感到難過，她一想到這麼一隻可憐的小動物，因為一個微不足道的過錯被關在監牢裡，就為此憤憤不平。蛤蟆呢，他的虛榮心又開始作祟，以為她對自己日久生情。轉而，又因為她是一個漂亮的女孩而感到可惜。他們之間的社會地位又是如此懸殊，但這並不能阻止她已經愛上了他。

有天早上，他們跟往常一樣聊天，蛤蟆發現這個女孩心事重重，連回答問題也是心不在焉，根本沒注意聽他的妙語連珠和高談闊論。

「蛤蟆，」她直截了當地說，「你聽著。我有個姑姑是洗衣婆。」

「好了，好了。」蛤蟆溫柔地說，「沒關係，別去想這個了。我有好幾個姑姑本來也要做洗衣婆的。」

「安靜一下，蛤蟆。」那女孩說道，「你太囉嗦了，這是你的一大毛病。我正在思考事情，就被你叫嚷得頭痛。我剛才還沒說完呢，我有個姑姑是個洗衣婆。她幫這座監獄裡所有的犯人洗衣服——我們總把這類賺錢的工作都包給自己人，你懂吧。每星期一早上，她都要把洗的衣服拿出去，星期五傍晚再送回來。今天是星期四。現在我想到這麼個辦法：你總自稱非常有錢，而她則非常窮。也許幾個英鎊對你來說不算什麼，但對她來說就很多了。好，我想要是跟她好好商量一下——就是買通她，你們動物經常用的說法——你們就可以達成一個協議：你穿上她的衣服，戴上她的布帽，然後裝扮成專職洗衣婆，就可以從監獄裡逃出去。你們兩個有許多相像的地方——尤其是身材。」

「我們根本不像，」蛤蟆生氣地說，「我的身材多麼苗條，至少在蛤蟆界來說。」

「我姑姑也一樣，就洗衣婆而言，」女孩回答說，「隨你便吧。你這個討厭又驕傲的傢伙，還忘恩負義！虧我還為你難過，想幫你的忙呢！」

「好的，好的，沒問題，實在是太感謝你了。」蛤蟆趕緊解釋，「不過，你總不能讓蛤蟆莊園的蛤蟆先生扮成洗衣婆到處晃來晃去吧！」

「那你就待在這裡繼續做你至高無上的蛤蟆吧。」女孩生氣地說，「我看你八成是要坐上四匹馬拉的車，才願意出去吧！」

心虛的蛤蟆做好了隨時認錯的準備，他說：「你是一個善良又聰明的好女孩，我的確是一隻驕傲又愚蠢的蛤蟆。請你把我介紹給你那位令人尊敬的姑姑吧。我毫不懷疑，我和這位了不起的女士一定能談妥的。」

第二天傍晚，女孩就把她的姑姑帶進蛤蟆的牢房，順便把一週要換洗的衣服偷偷包在了毛巾裡。老太太顯然為這次見面做了充分的準備，一看到蛤蟆小心翼翼地把金幣放在桌上顯眼的地方，就心照不宣了，談判立即成功。作為回報，蛤蟆得到了一件印花棉布裙、一條圍裙、一條披巾，還有一頂褪了色的黑布女帽。

老太太提出的唯一條件就是，讓他們把自己的嘴堵上，捆起來，再把她扔到角落裡。她解釋說這套把戲雖然很讓人生疑，但是憑藉自己的三寸不爛之舌，希望至少能保住飯碗。

蛤蟆也同意這個提議。這能使他在離開監獄的時候，還留有點氣派，保住他那危險人物最後的尊嚴。於是，他很爽快地答應了，和獄卒的女兒一起，把她的姑姑盡可能打扮成一個身不由己的受害者。

「現在輪到你了，蛤蟆。」女孩說，「脫掉你身上的外衣和背心吧，你已經夠胖了。」

她笑得渾身直晃，動手幫他穿上印花棉布裙，還照著洗衣婆的樣子幫他披上披巾，在下巴底下，繫上那頂褪色的黑布女帽的帶子。

「你簡直跟她一模一樣，」她咯咯笑著說，「不過我敢肯定，你這輩子還從沒像現在這樣，看起來如此可敬過。好了，再見了，蛤蟆，祝你好運。順著你進來時的路一直走。如果有人跟你說任何話——那些男人很可能會這麼做——你可以跟他們玩笑兩句，不過要記住，現在你是一個獨自活在世上的寡婦，不要丟了名聲。」

此刻，蛤蟆的心怦怦亂跳，他盡可能地把步子邁得堅定一些，小心翼翼地出發，開始幹一件看起來最輕率也最冒險的事情。不過很快，他就驚喜地發現，一路都順利地通過了。

可是一想到他現在那副受人尊敬的樣子，其實都屬於另外一個人，他就不禁感到有點羞愧。洗衣婆的矮胖個子，還有那件熟悉的印花布裙，對於每扇陰森的鐵閘門來說彷彿都是一張通行證。甚至在他猶豫不決，不知該向哪邊拐彎時，下一道門的看守就會幫助他脫離困境。因為那看守急著要去喝茶，叫著要他快點過去，別再等一個晚上。

碰到有人來跟他搭訕，他當然不得不迅速回答，這也成了主要的危險因素。因為蛤蟆是自尊心十分強烈的動物，他們的那些俏皮話，在他看來，多數都很低級笨拙，完全沒什麼幽默感。不過，費了好一番工夫，蛤蟆還是沉住了氣，盡量使自己的回答和他假扮的身分相符，做到優雅又不太過分。

似乎過去了好幾個小時，他才穿過最後一個院子，拒絕了最後一間警衛室發出的盛情邀請，躲開了最後一個看守伸出的熱情雙臂。終於，他聽到在身後，最後一扇監獄的大門邊門，咔嗒一聲關上了。外面世界的新鮮空氣吹在他焦慮的額頭上，他知道，他已經自由了！

這次大膽的冒險竟然這麼容易就成功了，一時間讓他有點頭暈。他快步朝著鎮上的燈光走去，完全不知道下一步要怎麼辦，只有一點可以確信，就是必須盡快離開這周圍。因為他不得不假裝的那位太太，是在這一帶人盡皆知、頗受歡迎的人兒。

他邊走邊想，忽然注意到了在鎮子一側的不遠處，閃爍著一些紅綠燈，遠處傳來火車的噴氣聲，還有車輛進岔道的哐噹聲。「啊哈！」他想，「運氣真好！現在火車站就是我最想看到的地方；而且，我不需要再徒步橫穿鎮子，不用再假裝這個丟人的身分，再不用說假話騙人了，這對一個有強烈自尊心的人來說太重要了。」

他一路來到火車站，看了眼列車時刻表，正好有一班開往他家那個方向的車，過半小時就發車。「真是天助我也！」蛤蟆一下子有了精神，趕忙到售票處去買票。

他對售票員說出了離蛤蟆莊園最近的那個火車站的名字，然後本能地把手伸進背心口袋裡去拿錢。那件棉布衫至今都在忠實地為他效勞，而他卻無恥地把它忘掉了。現在，這件衣服擋住了他的手指，讓他毫無辦法。他像做噩夢似的和那怪物拚命撕扯，但是一切都徒勞無功。它好像拚命抓住了他的手，還一直嘲笑他。與此同時，在他後面排隊的其他旅客，都等得不耐煩極了，紛紛給他提建議，當然也有些嚴厲的批評。到最後，不知怎麼地——他也不明白是怎麼回事——居然突破了障礙，摸到了他一向裝錢的地方，卻發現，不但沒有錢，就連裝錢的口袋也沒有，裝口袋的背心也沒有了！

他嚇了一跳，猛地想起他把自己的外衣和背心全都忘在地牢裡了，還有筆記本、錢、鑰匙、錶、火柴、鉛筆盒——一切能體現身分的東西。這些擁有許多口袋的動物，是造物主的寵兒，而這些東西，把他和其他那些只有一個口袋或根本沒有口袋的低等動物區分開來。他們只配到處晃蕩，卻沒有來真正競爭的資格。

處境艱難的他絕望地決定放手一搏，擺出一副自己過去的優雅風度——一種鄉紳和大學士都有的氣勢——說道：「聽我說！我發現我忘記拿錢包了，你就把那張票給我吧，可以嗎？明天我就派人把錢送來。我拿我在這一帶的名聲做擔保。」

售票員盯著他和他那頂褪色的黑布女帽看了好一會兒，接著冷笑著說：「你要是老這樣騙人的話，我也相信你在這一帶肯定會成為名人的。好了，現在請你離開窗口。太太，你擋住其他旅客買票了！」

一位老紳士已經在他背上戳了好幾下，把他推到了一邊。更糟糕的是，他竟然也稱呼蛤蟆為「好太太」，在蛤蟆眼裡，這比那晚發生的任何事都要更令人生氣。

他漫無目的地沿著火車停靠月臺走著，心中滿是困惑和傷心，眼淚順著他的鼻子往兩邊滑落。他心想，眼看就要脫離危險，回到家中了，卻因為幾個臭錢，還有售票員的斤斤計較和刻意刁難而壞了事，簡直太倒楣了。他擔心，他逃走的事很快就會被發現，然後他又會被抓住，再次受到辱罵，拴上鎖鏈，重新被拖回牢裡，又回到那麵包、水，加睡乾草的生活，守衛和處罰將會加倍。噢，那女孩會怎樣嘲笑他啊！這該怎麼辦呢？他的腿又跑不快，個子又很容易被認出來。他也不能藏到車廂座位下面去呀。雖然這是他從那些小學生那裡學來的招數，他們把父母給的車錢全部花在別的地方去了。

他苦苦思索著，一抬頭，猛然發現自己已經來到了火車頭前。一位壯實的司機，一手拿著油壺，一手拿著棉紗團，正在給他心愛的火車加油、擦拭，百般愛撫。

「你好，老婆婆！」火車司機說，「碰到什麼困難了？你看起來不太開心呀。」

「噢，先生，」蛤蟆說著又哭了起來，「我是個可憐不幸的洗衣婆，今天丟了身上所有的錢，沒錢買火車票，可是今晚我得趕回家，簡直不知道怎麼辦才好。噢，天哪！噢，天哪！」

「那真是太糟糕了，」司機想了想說，「你掉了錢，回不了家——我猜想，家裡一定還有幾個孩子在等你吧。」

「一大群孩子，」蛤蟆一邊抽泣一邊說，「他們要挨餓了……還總是要玩火柴……一不小心就打翻油燈，這群傻小子！……還會吵架，總是吵個不停。噢，天哪！噢，天哪！」

「好吧，我來給你出個主意，」好心的火車司機說，「你說你是個洗衣婆，那正好。我呢，正如你所見，是個火車司機，不可否認，這是一個髒得要命的工作。每天都有一大堆髒衣服要我太太洗，都把她累壞了。如果你回家後能幫我洗幾件衣服，洗好後送來給我，那我就可以讓你坐我的火車走。要知道，這樣做違反公司規定，好在這種偏僻地方查得不是很嚴。」

蛤蟆立刻轉憂為喜，迫不及待地爬進駕駛室。當然了，他一生中沒有洗過一件衣服，即便想洗也不會，所以他根本就不打算洗。只是想著：「等我安全回到蛤蟆莊園，又有了錢、有了裝錢的口袋，我就要給司機送去一大筆錢，夠他洗好多好多衣服，反正都一樣，說不定更好呢。」

信號員揮了揮他那面小旗，示意可以開車了，火車司機就拉響了歡快的汽笛作為應答。火車慢慢駛出了火車站，開始加速了，蛤蟆看到兩邊那真正的田野、樹木、矮籬、牛、馬，在他身邊飛一般地掠過。他一想到每一分鐘都更接近蛤蟆莊園，馬上又可以見到那些同情他的朋友，摸到他口袋裡叮噹響的錢，睡上家裡鬆軟的床，吃上美味可口的食物，想到大家會因為他神奇的經歷和過人的才智而讚美他、崇拜他，就開始樂不可支起來，又蹦又跳，還大聲地斷斷續續唱起歌來。這讓火車司機嚇了一跳，他以前偶爾也碰到過一些洗衣婆，可是從沒碰見過這樣的。

火車開了好幾英里，蛤蟆已經在思考到家以後該吃點什麼。這時候，他注意到司機正一臉疑惑地把頭探出窗外，費勁地聽著什麼，接著，司機爬上了煤堆，從火車頂上向後張望。回來後，他對蛤蟆說：「奇怪得很，今晚我們是這條線上的最後一班車，但我發誓，我聽到後面跟著一輛火車！」

蛤蟆立刻停止了他那套輕浮滑稽的動作，垂頭喪氣起來。他只感到脊椎骨下半截陣陣發痛，一直連接到兩條腿。他無力地坐了下來，盡力不去想種種可能發生的情況。

皓月當空，火車司機在煤堆上站穩了腳跟，看清了後面很遠處的路軌。

他馬上叫了起來：「我看清楚了！是一輛火車。就在我們這條鐵軌上，朝著我們的方向飛快開來！看起來好像是在追著我們！」

絕望的蛤蟆蜷縮在煤灰裡，懷著最後的一線希望，拚命想著逃跑的辦法。

「他們很快就要追上我們了！」火車司機說，「上面站滿了一些看起來奇奇怪怪的人！有像是古代的獄卒，手上揮舞著戟；有戴著鋼盔的警察，晃著警棍；還有一些戴著高禮帽衣衫襤褸的人，揮舞著手槍和手杖。哪怕隔了這麼遠，也能斷定是便衣偵探。所有人都手持著傢伙，喊著同一句話：『停車，停車，停車！』」

蛤蟆一下子跪倒在煤堆裡，舉起他緊握的爪子哀求道：「救救我吧，求你救救我，親愛的、好心的火車司機先生，我對你坦白一切！我並非是個尋常的洗衣婦！也沒有不懂事的孩子在家等我，我是一隻蛤蟆，是我們那一帶大名鼎鼎、受人歡迎的莊園主人——蛤蟆先生。因為被敵人陷害，我被關進一座可憎的地牢，但憑著過人的膽識，剛剛從裡面逃了出來。但是萬一我被那輛火車上的人再次抓住，無辜蒙冤的話，就又將過著戴著枷鎖、吃糠咽水、睡乾草的生活了！」

火車司機低頭狠狠地望著他，說：「現在你告訴我真相，坐牢究竟是因為什麼？」

「沒什麼大不了的事，」可憐的蛤蟆漲紅著臉說，「我只不過是趁著車主吃午飯的時候，借他們的車子用了一下，反正這時候他們也用不到。我發誓，我沒有要偷車；可是大家——特別是法官——竟把這個無意之舉看得那麼嚴重。」

火車司機的眼睛裡透露著嚴肅，他說：「恐怕你確實是一隻壞蛤蟆，我有權把你交給法律制裁。不過，如今你顯然遭遇了困境，所以放心，我不會拋棄你。一來我對汽車並不感興趣；二來我也不喜歡警察在我自己的火車上指手畫腳；三來我不願看到一隻動物在這裡掉眼淚，這讓我感到難受和心軟。所以，振作起來，蛤蟆！我將盡自己最大的努力幫你，或許我們還能擊敗他們呢！」

他們往鍋爐裡用力添煤，弄得爐子隆隆作響，周圍火星飛濺，火車又是顛又是晃，加速前進著，可是追趕的火車還是離他們越來越近了。

火車司機用手裡的一團棉紗擦了擦額頭，歎了口氣說：「我擔心這樣下去不行，蛤蟆。你看，他們的空車跑起來更快，火車頭也比我們更先進。現在，我們只有一個辦法，這也是你唯一的機會，所以要聽仔細了。在我們前面不遠處，就要通過一條很長的隧道，過了隧道，要穿過一片很茂密的森林。過隧道的時候，我會加足馬力，但後面跟著的火車通常會減慢速度，因為擔心會出車禍。等到一過隧道，我就立即關掉蒸汽，盡力刹車。這個時候相對比較安全，你必須馬上跳車，然後跑到樹林裡躲起來。你要在他們穿出隧道看到你之前躲好。接下來，我就可以再次開足馬力往前跑了，他們高興的話就來追我吧，想追多久、追多遠都可以，隨他們的便。現在提起精神，準備好了，我叫你跳車你就跳！」

他們又往裡面添了更多煤，火車如子彈般射進隧道，伴隨著隆隆的轟鳴聲，直衝向前。最後，火車頭從隧道另一邊衝出來，又開進了新鮮的空氣中和寧靜的月光下。只見那片救命的漆黑森林，橫躺在鐵路兩邊。司機關掉了蒸汽，拉下剎車閥。蛤蟆立馬站上踏板，等到火車速度減慢到差不多和走路一樣時，他聽到司機大喊一聲：「現在，跳！」

蛤蟆猛地跳了下去，滾過一段短短的路基，爬起來，竟發現一點也沒受傷。然後，便趕緊躲進森林裡藏了起來。

他從樹林裡探頭看出去，只見他坐的那輛火車又重新加速前進，片刻就消失不見了。接著，從隧道裡衝出的另一輛火車，又是咆哮，又是鳴笛，車上那幫亂七八糟的人揮舞著各種各樣的武器，高喊著「停車！停車！停車！」等他們一開過去，蛤蟆就忍不住哈哈大笑——自從他被關進監獄以來，這還是第一次。

但是很快他就笑不出來了，因為他轉而想到，此刻天色已晚，又黑又冷，他身處一片陌生的森林，也沒錢吃飯，離朋友和家依然很遠。火車的隆隆聲消失之後，這死一般寂靜的一切，讓他再次陷入恐懼之中。他不敢離開躲藏的樹叢，便往森林的深處鑽，一心想離他身後的鐵路越遠越好。

在監獄裡被囚禁了這麼多個禮拜，森林對他來說，突然變得異常陌生，像是對他有敵意，成心要開他的玩笑似的。夜鶯機械的咕咕聲，讓他覺得林中布滿了來搜尋他的獄卒，正離他越來越近。一隻貓頭鷹無聲無息地撲來，翅膀掃過他的肩頭，嚇得他跳了起來，心驚膽戰地想著那肯定是一隻手；接著，貓頭鷹又像飛蛾一樣掠了過去，嘴裡發出低沉的「呵！呵！呵！」的笑聲，讓蛤蟆覺得非常無禮。

還有一次，他碰到一隻狐狸，狐狸停了下來，用一種嘲笑的眼光上下打量著他，說道：「喂，洗衣婆！這個禮拜少了一隻襪子，一個枕頭套！小心別再犯這樣的低級錯誤了！」然後，他竊笑著，大搖大擺走開了。蛤蟆四下查看了一圈，想找塊石頭朝他扔去，但就是一塊也找不到。大概沒有什麼事比這更令他生氣的了。

最後，他又冷、又餓、又疲倦，只好找到一個樹洞躲了進去，想辦法用樹枝和枯葉勉強鋪了一張還算舒適的床，終於沉沉地睡了一覺，直到天亮。

9 旅行者

河鼠總是煩躁不安，儘管他也不能確切地知道這究竟是為什麼。從表面上看來，一切都還是盛夏裡一派欣欣向榮的樣子，儘管田地的翠綠已讓給金黃，花楸樹正開始換上紅衣，樹林已經到處染上火焰般的赤褐色，然而光照、熱量還有色彩依然沒有減退，根本沒有一年即將逝去時由暖變冷的預兆。

不過，果園裡樹籬間一直沒有停歇的大合唱已削減，只剩下幾個不會累的歌手隨口唱一首黃昏之歌。知更鳥又開始賣弄風情，空氣裡充滿了變化和離別的感覺。杜鵑當然早就不再歌唱了，可是許多別的長羽毛的朋友，幾個月來已經成為這熟悉的風景畫和小小社會的一部分，也漸漸消失不見了。他們的隊伍看起來正在一天天削弱下去。

河鼠一向觀察著所有鳥類的動向，看到他們最近每天都在南飛，甚至晚上在床上躺著的時候，也能聽出著急的鳥兒聽從那不可抗拒的召喚，撲打著翅膀，急切掠過暗色夜空的聲音。

大自然的大飯店和其他大飯店一樣有它自己的淡季和旺季。隨著旅客一個又一個收拾行李，結帳離開，飯店裡每頓飯都要遺憾地撤去一批椅子。一間間房間的門關上了，地毯捲起了，服務生辭退了。而那些留下來的客人，則等待著來年飯店重新開業。面對著大批旅伴的遷徙和告別，聽著他們熱烈討論著關於下一步計畫、路線和新居，看著周圍的朋友日漸減少，留下來的動物心情難免會受到影響。他們會變得焦慮不安，鬱鬱寡歡，總想吵架。

你們為什麼這麼著迷於變化呢？為什麼不老老實實待在這裡，像我們一樣快快樂樂過日子呢？你們從沒見識過這家飯店在旺季之後的模樣，也從不知道，我們這些選擇留下來的動物，可以欣賞到四季美景，是多麼愉快的事。毫無疑問，其他動物總是這樣回答：我們非常羨慕你們——也許來年我們可以這麼做——可是現在我們已經約好了——公車就等在門口——我們得出發了！於是他們點頭示意，笑著離開了，只留下我們在原地思念，心裡不是滋味。

河鼠是知足常樂的動物，一旦他扎根在這片土地上，不管誰走了，他都總會選擇留下來。不過他還是不免注意到了空氣中的變化，從骨子裡感受到它帶來的影響。

所有的遷徙都在繼續，很難讓人安下心來幹點正事。岸邊長滿了又高又密的燈芯草，水流已經減緩，河水開始變淺。河鼠離開了河岸，漫無目的地朝田野走去，穿過一兩片龜裂不堪、塵土飛揚的牧場草地，一頭鑽進廣闊的麥田。金黃的麥浪翻滾，沙沙歌唱，遍布著寧靜浮動和喃喃細語。河鼠喜歡來這裡散步，自由地穿行在挺拔茁壯的麥稈叢間。一路上，他的頭頂撐起一片高高的金色天空——那天空一直在翩翩起舞，晃動閃爍，低語訴說，有時也會被過路的風吹得劇烈搖擺，風過之後，又歡笑著恢復原樣。

在這裡，河鼠也有許多小個子的朋友。他們本來就是一個小社會，各自過著充實又忙碌的生活，時不時也能有時間和來訪的客人聊聊天，交換點訊息。

今天不知怎麼了，住在麥稈地裡的野鼠和田鼠儘管十分客氣有禮，看起來卻都忙碌異常。他們有些在忙著挖洞和掘地道，有些則成群結隊地聚在一起研究小房子的平面圖，誓要把它建造得合理舒服，還要建在鬧區附近。還有些正把布滿灰塵的箱子和衣服籃子拖出來，而另一些已經在埋頭打包他們的東西，滿地都是一堆堆一捆捆的小麥、燕麥、大麥、山毛櫸堅果。還有一些其他的堅果，也都堆在那裡，等著被運走。

「河鼠老兄來了！」他們一見河鼠就嚷嚷起來，「快過來幫幫忙，河鼠，別在那裡傻站著！」

「你們在玩什麼遊戲呀？」河鼠一臉嚴肅地說，「你們知道，現在還不是考慮過冬住處的時候，那還早呢！」

「噢，是啊，這我們知道，」一隻田鼠不好意思地說，「不過早點準備總是好的，對吧？我們必須趁那些可怕的機器開始軋軋地收拾這片土地之前，把這些家具、行李，還有儲備的東西都運走。再說，你也知道，如今最好的房子很快就被占完了，要是晚了一步，你就不得不隨便挑個地方將就著住了；而且還要通宵達旦地整理才能搬進去。當然，我們知道現在是早了點，不過也才剛開了個頭。」

「噢，開什麼頭，」河鼠說，「今天天氣這麼好，跟我來一起划船，或者在樹籬旁散散步，或者到森林裡去野個餐什麼的吧。」

「這個嘛，今天恐怕不行，謝謝你。」田鼠忙說，「也許改天——等我們有空的時候——」

河鼠不以為然地哼了一聲，轉身要走，沒想到被一個帽盒絆了一下，摔了一跤，說了幾句不乾淨的話。

「要是大家小心點，」一隻田鼠尖銳地說道，「留意他們腳下的路，就不會摔了自己，也不會失態了。注意那個手提包，河鼠！你最好找個地方坐下來。也許再過一兩個鐘頭，我們就有點空閒來陪你了。」

「你口中的『空閒』，恐怕在耶誕節前我是看不到了。」河鼠生氣地反駁他，憤憤地從行李堆中擇路走出了麥田。

河鼠垂頭喪氣地回到河邊——他那條忠實的老河，永遠奔流著，從不收拾行李離開，也從不搬到別處去過冬。

他看見一隻燕子棲在河岸邊的一排柳樹上，不一會兒又來了另一隻，緊接著又來了第三隻。他們在枝頭煩躁不安，認真地低聲交談著。

「怎麼，現在就要走了？」河鼠走到他們面前說，「急什麼呀？我說這簡直可笑。」

「噢，我們還不走呢，如果你指的是這個的話，」第一隻燕子回答說，「我們只是計畫和安排一下，交流一下今年走哪條路線、在哪停留，諸如此類。一半也是為了好玩。」

「好玩？」河鼠說，「這我就真不理解了。要是你們非得要離開這個愉快的地方、離開想念你們的朋友，還有剛剛安頓好的舒適的家，那等時間一到，我毫不懷疑你們會勇敢上路，面對一切艱難困苦和瞬息萬變，還會擺出一副高高興興的樣子。但最起碼也要等到你們真的把它排進時間表的時候，現在就談論起來，哪怕只是想一想，這未免……」

「不，你當然不會明白了，」第二隻燕子說，「首先，我們內心感到了一種不安、一種甜蜜的不安。接著，回憶就像信鴿接連著飛回來。夜晚，這些回憶在我們的夢中飛翔；白天，就跟著我們在空中盤旋。我們急於互相詢問，交流訊息，好讓自己相信這些都是真實的。這時候，那些早已忘卻的氣味、聲音和名字一個個又飛了回來，不停地向我們招手。」

「難道你們就不能在這裡留下來一年嗎？」河鼠充滿渴望地提議道，「我們會竭盡所能，讓你們生活得溫馨舒適。你們根本想像不到，在你們遠走高飛之後，我們在這裡過得有多麼開心。」

「我試過留下來一年，」第三隻燕子說，「那時候，我越來越喜歡這個地方，於是到了該走的時候，我留了下來，沒有和別的燕子一起走。剛開始幾個禮拜還算不錯，但接下來就是噩夢，噢，黑夜多麼漫長無聊啊！不見陽光的白天也冷得叫人發抖！空氣那麼溼冷，一畝地裡也找不出一隻蟲子！不行，這樣可不好。

「我徹底洩了氣，在一個風雨交加的寒夜，趁著強勁的東風飛走了，飛到了內陸去。飛過高山峽谷時，雪下得很厲害，我奮戰了好一陣才飛了過去。我永遠也忘不了，當我朝著碧藍靜謐的大湖迅速飛落時，暖融融的太陽又一次曬到背上的快活感覺，就像吃到第一隻蟲子！過去的一切就像是一場噩夢，未來全是快樂的節日。我往南飛了一個又一個禮拜，無比輕鬆優閒，想停留多久就多久，只是總是聽得到南方的召喚。不，我已經有過教訓了，再也不敢抗拒南方的召喚了。」

「噢，是啊，南方在召喚，南方在召喚！」另兩隻燕子做夢似的呢喃著，「它的歌聲，它的色彩，它明朗的空氣！噢，你還記得嗎——」他們幾乎忘掉了河鼠，沉醉在了自己熱烈的回憶中。

河鼠聽得出了神，他的心開始燃燒起來。他明白，那根至今沉睡著、沒被覺察的弦，終於也顫動起來了。光是這幾隻南飛鳥兒的嘰嘰喳喳、並不生動的二手敘述，就足以喚醒這種如癡如狂的新感受，讓他渾身為之顫抖。就這樣，他好像一下子感受到了南方太陽的熱情撫摩，聞到了真實的香氣，一切將會是怎樣的呢？他閉上雙眼，有那麼一刻，大膽地縱情入夢。當他再次睜開眼睛看時，那條河似乎變成了冰冷的鉛灰色，綠色的田野也變得暗淡無光。他那顆忠貞的心，似乎在大聲斥責自己的軟弱背叛。

「那你們到底為什麼還要回來呢？」他嫉妒地問幾隻燕子，「既然這片小地方如此了無生趣，還有什麼好吸引你們的地方呢？」

「你以為呢？」第一隻燕子說，「在適當的季節來到時，你以為我們感受不到另一種召喚嗎？那召喚來自茂盛的草地、潮溼的果園、滿是蟲子的溫暖池塘，來自吃草的牛群、翻曬的乾草。還有環繞著理想中的屋簷的一圈農舍，不也是嗎？」

「你以為，」第二隻燕子說，「只有你一個人渴望再一次聽到杜鵑的歌聲嗎？」

「到時候，」第三隻燕子說，「我們又得了思鄉病，狂烈地思念著英國溪水上搖曳幽靜的睡蓮。不過所有的一切，在今天看起來都是那麼蒼白、單薄和遙遠。此刻，我們的血液伴著另一種音樂在起舞。」

他們又自顧自地嘰嘰喳喳起來。這回讓他們如癡如醉的話題是蔚藍的大海、金黃的沙灘，還有爬滿壁虎的圍牆。

焦躁不安的河鼠再次走開了。他爬上大河北岸的緩坡，躺下來朝南眺望。南邊那片環形的丘陵大草原擋住了他的視線，讓他看不到更遠的南方——在這之前，那裡就是他的地平線、他的月光山脈、他的視覺極限，在那以外，就沒有什麼值得他去看或去瞭解的東西了。然而今天，當他眺望南方的時候，心中卻滋生出了一種新的渴求，好像那綿亙低矮的輪廓上，透露出的晴空正在召喚著他。那些看不見的東西占據了他的所有頭腦，彷彿生活中唯一的真實反而是那些不曾瞭解的東西。如今，山這邊是一派清冷空虛，山那邊卻是一派熱鬧非凡、五彩繽紛的風景，他心靈的眼睛已經看得清清楚楚。那邊有波瀾壯闊、碧波蕩漾的大海！有沐浴在陽光下的黃金海岸，白色的別墅在橄欖林中閃爍著光芒！有多麼寧靜的港灣，停滿了各色豪華的船隻，等著要開往盛產美酒和香料的藍紫色島嶼。一眼望去，那些島嶼低低地隆起在波瀾不驚的海面上。

他站了起來，再次向河岸走去。最後，他改變了主意，來到了塵土飛揚的路旁。在那裡，他躺在路邊茂密陰涼、枝丫交錯的矮樹叢裡，想像著那條碎石子路和它通向的整個奇妙世界，還想像著那些走在路上的旅行者，和他們即將去尋找或不尋自來的好運和冒險——就在那邊——在遠方！

一陣腳步聲傳入他的耳朵，一個走得疲憊的動物的身影映入了他眼簾。那是隻老鼠，一隻滿身塵土的老鼠。這個過路的旅行者走了過來，向他行了一個有點異國感覺的禮——遲疑了一會兒——接著又微笑著掉轉方向，坐到了他身旁陰涼的樹籬下。

河鼠讓這隻疲倦的動物休息，也就沒問什麼話，他多少理解老鼠此刻的心情，以及所有動物有時要堅守的信念——當疲憊的身體放鬆下來，無言的陪伴才是最珍貴的。

這位過路的旅行者臉頰清瘦，雙肩微垂，爪子細長，眼角布滿了皺紋，挺拔的耳朵上戴著一個小小的金耳環。他的藍針織上衣褪了色，看得出來褲子底色本來也是藍的，如今卻打著補丁，滿是泥漬。他隨身攜帶著一個藍色包袱，裡面裝了一點點東西。

這隻陌生的老鼠歇了片刻，歎了口氣，嗅了嗅空氣，環顧四周。

「那是苜蓿，微風中瀰漫著它暖烘烘的香氣，」他說道，「那些牛在我們身後吃草，吃幾口就輕輕地噴口氣。遠處是收割機的聲音，樹林前面的農舍升起一縷藍色的炊煙。附近有河流經過，因為我聽到了紅松雞的叫喚聲。從你的個子我可以判斷出，你一定是一位內河的水手。雖然一切看起來都像陷入了沉睡中，但它們一直都在有條不紊地進行著。你過得真是不錯，朋友。只要你能夠頑強地扎根於此，這無疑是世上最美好的生活。」

「對，這才是生活，唯一值得過的生活。」河鼠做夢似的回答，卻少了幾分平日裡的信心。

「我不完全是這個意思，」陌生的老鼠小心翼翼地回答說，「不過這無疑是最好的生活了：我試過，所以我知道——剛剛在這裡生活了六個月——知道它是最好的。你看我，現在腳痛，肚子餓，但還是不得不離開這種生活，聽從那個古老的召喚，往南走，回到從前的生活裡去。那是我的生活，它不允許我違背。」

「難道說，他又是他們之中的一個？」河鼠沉思著，問道，「你剛從哪裡來？」他不敢問老鼠要到哪裡去，似乎答案已經顯而易見了。

「一座很棒的小農莊，」旅行老鼠簡短地回答，「就在那裡。」他朝北邊點了點頭。「不要再關心它了。雖然我要的東西那裡應有盡有，我有權從生活中得到任何我想要的，甚至更多。不過如今，我也十分高興來到了這裡！已經走了這麼多路，離我嚮往的地方又近了許多呢！」

他閃閃發亮的眼睛牢牢盯著地平線，像是在傾聽內陸地區所缺少的那種聲音，儘管那裡有來自牧場和農莊的歡快音樂。

「你不是我們當中的一員，」河鼠說，「也不是農夫，而且依我看，也不是這片國土的老鼠。」

「一點也沒錯，」外來的老鼠回答說，「我呢，是一隻航海老鼠，本來要從君士坦丁堡的港口啟航，雖說我在那裡也是一隻外來鼠。你肯定聽說過君士坦丁堡吧，朋友？一座漂亮的城市，一座光榮的古城！也許你還聽說過挪威國王西居爾吧？聽說過他是怎樣率領六十艘船開往那裡，怎樣和他的隨從騎馬進城吧？

「那時候，滿街都懸掛著歡迎他的紫色和金色的天篷。君士坦丁堡的皇帝和皇后又駕臨他的船，和他們一起宴飲。當西居爾回國時，他手下的很多挪威人留了下來，加入了皇帝的衛士隊伍。我的一位祖先就出生在挪威，留在西居爾贈與皇帝的一艘船上。從那以後，我們一直是船員，無一例外。對我來說，君士坦丁堡和倫敦之間的任何一個可愛的港口，都是我的家，和我出生的地方沒什麼兩樣。我熟悉所有的海港，它們也都熟悉我。我隨意來到任何一個港口或者海灘，就等於又回到了家。」

「我想你一定經常去遠航吧？」河鼠饒有興趣地問道，「好幾個月都看不到陸地，糧食日漸短少，飲水也要分配，但你心繫浩瀚的海洋，是不是？」

「根本不是，」航海鼠坦白地說，「你描繪的那種生活根本不適合我。我只是做沿海買賣的，能經常看見陸地。真正吸引我的是海岸上的快樂時光，和航海一樣。噢，那些南方的海港，它們的海洋氣息、夜晚錨燈的亮光，多麼迷人啊！」

「是啊，也許你選擇了一種更好的生活方式，」河鼠說，不過他仍略帶懷疑，「如果你願意的話，就跟我說說海岸航行的事情吧？順便再講講一隻心存志氣的動物，可以期望著收穫些什麼，使他日後在爐邊回憶英勇往事的時候，倍感驕傲和溫暖。至於我的生活嘛，老實告訴你，我今天突然覺得它有點狹隘和局限。」

「我上一次出海，」航海鼠開始說，「是希望辦一座內陸農莊，於是我踏上了這片國土。事實上，這次航海，可以看作是我任何一次航海的範例，也是我絢麗多姿的生活的縮影。

「一開始，照例是家庭糾紛引發的風暴，於是，我就登上一艘從君士坦丁堡啟航的小商船，駛入了古老的海洋。船要開到希臘群島和東地中海去，海上的每一個浪頭都翻騰著難忘的記憶。那些日子，白天陽光燦爛，夜晚暖風吹拂。船一直都在進港出港，到處都是老朋友。

「炎熱的白天，我們就睡在涼爽的廟宇，或是廢棄了的水池裡，太陽下山之後，我們就在嵌滿了星辰的天鵝絨般的夜空下歡宴高歌！接下來，船又調頭向亞德里亞海沿岸開去，那裡的海岸彌漫著琥珀色、玫瑰色、藍晶色的空氣。我們停泊在被陸地環繞的寬闊海港裡，在古老而高貴的城市裡漫步。直到最後一天早晨，當太陽莊嚴地升起時，我們沿著一條金色的航道開進了威尼斯。

「噢，威尼斯是一座美麗的城市，在那裡，老鼠都可以自由自在地到處玩樂！逛累了，晚上就和朋友坐在大運河邊，一起舉杯暢飲。空氣中充滿了美妙的音樂，漫天繁星在天空中眨眼，擦得晶亮的船頭在熠熠發光，一艘艘貢多拉緊挨著停泊，在河中搖晃，你可以踩著這些小船，從運河的一邊走到另一邊！說到吃的——你喜歡吃貝類嗎？好吧，好吧，我們現在還是少談這個。」

他沉默了一會兒，河鼠也陷入了沉默，他簡直著了迷，好像此刻身子就漂浮在了夢幻的運河上，恍惚間聽到了一曲波浪拍擊灰牆的魔幻之歌。

「接著我們再次向南開去，」航海鼠說下去，「沿著義大利的海岸繼續航行，最後來到巴勒摩。我離開船上了岸，在那裡，我度過了一段漫長快樂的時光。我從不只盯著一條船，那會讓人變得心胸狹窄，充滿偏見。再說，西西里島是我最愛去的地方之一。我認識那裡所有的人，他們的生活方式很合我的口味。我和朋友在島國上一起愉快地生活了好幾個禮拜。等到我閒不住了，就搭上一艘開向薩丁尼亞和科西嘉島做買賣的船，又一次感到新鮮的海風和浪花撲打在臉頰上。」

「但那裡不是悶熱得很嗎，在那——貨艙，你們是這麼叫它的吧？」河鼠問。

航海鼠狐疑地看著他，眨了一下眼睛。「我是個老船員了，」他直截了當地說，「船長艙對我來說夠好了。」

「人家都說，這種生活很辛苦。」河鼠喃喃說著又陷入了沉思。

「對於水手來說是如此。」航海鼠嚴肅地說著，又神祕地眨了下眼睛。

「從科西嘉島，」他說下去，「我搭上了一艘運輸葡萄酒去大陸的船。傍晚時分，我們來到阿拉西奧，靠岸停了船。我們把酒桶抬起來扔下船，又用一根長繩把這些酒桶一個個地捆在一起，然後水手乘上小船，一路高歌，向岸邊划去，後面拖著一長串漂浮跳躍的酒桶，像一英里路長的一群海豚。海灘上有一些馬匹在等候，他們叮叮咚咚地奔跑著，把酒桶拉上小鎮陡峭的街道。等到運完最後一桶酒，我們修整一下，歇息一會兒，晚上就和朋友一起飲酒作樂，直到深夜。

「第二天早晨，我就到大橄欖林裡去休息一陣。這時，我就不去海島了，海港和航行已經夠豐富了。於是，我就到農民當中去，享受懶散的生活。我躺在那裡看他們耕種，或是在高高的山坡上伸展手腳，看著蔚藍的地中海在腳下綿延伸展。

「到最後，我就這樣輕輕鬆鬆走了一路，或是步行，或是乘船，一直來到了馬賽，會見了船上的老弟，參觀了遠洋巨輪，還大吃大喝了一頓。又要談到貝類了！真是的，有時候，我做夢夢見馬賽的貝類，竟哭醒了！」

「這倒提醒我了，」懂禮貌的河鼠說，「我該早點問這句話呢，你剛才說你餓了，要不就留下來和我共進午餐吧？我的洞離這裡不太遠，現在已經過了中午，歡迎你來我家吃點便飯。」

「噢，你真是太好心了，真夠朋友！」航海鼠說，「我坐下來的時候，是真餓了，後來無意間提到貝類的時候，還餓得胃痛起來。不過，你能不能把午餐拿出來吃呢？不到萬不得已，我是不太喜歡到地下去的。我們可以一邊吃，一邊分享我更多的航海趣事和歡樂生活——至少對我來說是的，我看你剛才聚精會神的樣子，應該也很愛聽。如果到屋裡去，大概十有八九我會馬上睡著的。」

「這是個好主意。」河鼠說著，趕忙跑回家。一到家，他就拿出午餐籃子，裝好一些簡單的食物，考慮到了客人的出身和偏好，便特意放進一個一碼長的法國麵包、一根大蒜味的香腸、一塊躺在那裡哭喊的起司，和一個用乾草裹住的長頸瓶，瓶裡裝著曾窖藏在遙遠南邊山坡上的美酒。裝了滿滿一籃子後，他便飛快地跑回河邊。他們一起揭開蓋子，然後把食物一樣樣拿出來放在路邊的草地上。河鼠聽到老船員連聲誇讚他的口味和愛好時，高興得臉都紅了。

航海鼠稍稍安撫了一下飢餓的肚子，就接著講他最近的一次航海經歷。他帶領著這位單純的聽眾遊歷了西班牙一個又一個港口，又在里斯本、波爾圖和波爾多登陸，又帶領他遊玩了英國的康瓦爾郡和德文郡那些歡樂的港口，然後沿著海峽往上到達最後的港口。在那裡，他頂著長時間的暴風雨和惡劣天氣逆風航行，最終登上了陸地，獲得了春天的第一個神祕暗示和預告。

這一切都激勵著他匆匆趕往內陸，一心渴望著體驗遠離海上顛簸的寧靜田園生活。

河鼠聽得入了迷，興奮得渾身顫抖。他跟著這位冒險家一里格又一里格地跨過狂風暴雨的海灣，穿越擁擠不堪的泊船處，乘著洶湧的潮水，越過水流湍急的沙洲，逆流開上曲折的河流，在急轉彎處，看到了隱藏著的熱鬧小城鎮。

最後，當航海鼠在他那座無聊的內陸莊園定居下來時，河鼠遺憾地歎了口氣，他一點也不想聽關於這座莊園的任何事。

吃完飯，航海鼠又重新精神抖擻起來，說話聲也更加洪亮，兩眼炯炯有神，看起來就像來自遠方燈塔的亮光。他往杯裡倒滿了鮮紅透亮的南方美酒，然後來到河鼠身邊，直視著他的眼睛，控制了他的整個身心。那雙眼睛是如洶湧起伏的北方大海般變幻的灰綠色，而杯子裡的美酒則閃耀著紅寶石的光芒，就好像是南方的心臟，為有勇氣與它的脈搏合拍的人而跳動。變幻的灰綠色和恆久的紅寶石色征服了河鼠，牢牢攫住了他，讓他沉醉其中，無力抗拒。這兩種光之外的平靜世界遠遠退去，就似不復存在一樣。

只有航海鼠的話音，那繼續滔滔不絕的奇妙聲音——它只是說話聲嗎，還是時而變成了歌聲，變成了水手升起水淋淋的鐵錨時吟唱的船歌，變成了桅杆在猛烈的東北風裡的呼呼作響聲，變成了夕陽西下時橙黃色的天空下拉網的漁人唱的歌謠，又或是變成了遊艇或帆船上傳來的吉他和曼陀鈴聲？轉而，它好像又變成了風的呼嘯聲，先是嗚咽悲鳴著，接著逐漸加強成了怒吼聲，慢慢升高成了尖叫聲，然後又低下來成了帆船在空氣中振動的悅耳的簌簌聲。這位著了魔的聽眾好像聽到了這些所有聲音，夾雜著海鷗和海燕飢餓的悲鳴聲、浪濤拍岸時輕柔的轟轟聲、沙灘圓卵石的嚓嚓聲。最後，這些聲音又變回了說話聲。

河鼠的心怦怦狂跳著跟隨冒險家去了十幾個海港，經歷了戰鬥、逃脫、聚會、友誼、英雄的壯舉。他一會兒在海島探寶，一會兒在平靜的環礁湖釣魚，一會兒又躺在溫暖的沙灘上貪睡一天。他聽他講深海捕魚的趣事，用一英里長的大網撈起巨大的銀色魚群；聽他講突如其來的危險——在月黑風高的夜晚，巨浪排山倒海的狂吼，還有在大霧中，忽然從頭頂上冒出的巨輪高聳的船頭；聽他講回家時的快樂情景，船頭繞過海岬，海港上燈火通明，碼頭上人影依稀可見，不遠處傳來歡呼聲和大纜索被甩飛到水中的聲音。他們費力地走上陡峭的小街，向著那映著溫暖燈光的紅窗簾走去。

最後，河鼠在如夢似幻中看到那位探險家已經站起身來，但嘴巴仍在說個不停，那雙海灰色的眼睛依舊緊緊盯著他。

「那現在，」他輕描淡寫地說，「我又要上路了，繼續風塵僕僕地奔向西南方，漫長地走上一天又一天，直到抵達我那熟悉的那個海港陡坡上的灰色小鎮。在那裡，從昏暗的門口看下去是一行石階，上面覆蓋著大簇粉紅色的纈草，延伸到盡頭就是澄藍色的海水。在古老的海堤鐵環和柱子上，拴著一些五彩斑斕的小艇，和我小時候常去玩耍的那些一樣。漲潮時，鮭魚隨波跳躍，一群群鯖魚撲騰嬉鬧著游過碼頭和前灘。巨大的輪船日夜不停地從窗前開過，駛向停泊處或是更遠的大海。所有航海國家的船隻早晚都要開往那裡，在特定的時刻，我選中的船就會拋錨啟航。我耐心等待時機，直到相中的那條船停在河中央等著我，上面裝滿了貨物，壓得船沉沉的。當船頭的桅杆對著海港時，我才坐上小船或沿著纜索溜上去。第二天早晨一覺醒來，我就會聽到水手的歌聲和腳步聲、絞盤的嘎嘎聲，還有收起錨索時歡樂的哐啷聲。

「我們在船頭掛起了三角帆和船桅帆，港邊的白色房屋慢慢掠過我們身邊，航海開始了！船向著海岬駛去，她全身披滿了白帆；一駛到外海，她便迎著一望無際的萬頃碧波，乘風破浪，直向南方！

「還有你，你也要來的，小兄弟。光陰一去不復返，而南方依舊等著你。跟我去冒險吧！

聽從那召喚，趁機會還沒有溜走！不過是『砰』地關上身後之門，向前邁出快樂的一步，你就邁進了新生活！

「然後，在很久很久之後的某一天，當杯中的酒喝乾了，好戲收場了，只要你願意，就漫步回家中，再次坐在你那條安靜的河邊，回憶著過往的一大堆趣事。你那麼年輕，很容易就可以跟上我的步伐，而我上了年紀，走得很慢了。

「好了，我會盡量走得慢一些，多回頭看看你，最後你肯定會追上來的，匆匆忙忙，無憂無慮，心向南方！」

航海鼠的說話聲越來越小，直至消失不見了，就像一隻昆蟲輕微的唧唧聲逐漸變得寂靜。河鼠呆呆地凝視前方，最後只看見白色的路面上，一個遠遠的小點。

河鼠木訥地站起來，有條不紊、不慌不忙地收拾起了午餐籃。他怔怔地回到家，把一些必需品和特別的物品歸攏起來，裝進一個背包裡。他慢條斯理地收拾著，像個夢遊者在屋子裡來回走來走去，張著嘴，聆聽著什麼。他把背包甩到肩膀上，接著仔細挑選了一根粗木棍握在手裡，就準備上路，不帶一點遲疑。

就在他要邁出家門時，鼴鼠出現在了門口。

「喂，你這是要去哪裡呀，河鼠？」鼴鼠一把抓住他的手臂，驚訝地問。

「去南方啊，跟大家一起，」河鼠夢囈般地自言自語，看也沒看鼴鼠一眼，「先去海邊，再坐船，然後到正在召喚我的海岸去！」

河鼠依舊不慌不忙，邁著堅定的腳步向前走著。這可把鼴鼠嚇壞了，連忙衝過去擋在了他面前。他直視著河鼠，看到他目光呆滯，眼神中泛著一種波浪般浮動著的灰色條紋——這不是他朋友的眼睛，而是另外一種動物的眼睛！他狠狠地把他抓住，拖回了屋裡，將他推倒在地，按得他不能動彈。

河鼠拚命掙扎了一會兒，隨後像是一下子洩了氣一般，癱倒在地，筋疲力竭，雙眼緊閉，渾身發抖。鼴鼠立刻把他扶到一把椅子上。河鼠全身縮成一團，劇烈顫抖，緊接著就是一陣歇斯底里的乾嚎。

鼴鼠關緊大門，把那個背包扔進一個抽屜裡鎖上，然後安靜地坐在朋友身邊的桌子上，耐心地等著這場奇怪的發作過去。漸漸地，河鼠沉入了不安的睡夢中，有時驚醒過來，口中自言自語著什麼，對於懵懂的鼴鼠來說，這都是些荒誕又陌生的異國事物。然後，河鼠就進入了熟睡之中。

鼴鼠焦慮不安，他暫時離開河鼠，去料理了一陣家務。等他回到客廳時，天已經快黑了，他看到河鼠已經完全醒了，但是依然呆在原地，一副沒精打采、垂頭喪氣的樣子。鼴鼠匆匆看了一下他的眼睛，那雙眼睛又變回到原來那樣清澈的棕褐色了。他舒了一口氣，坐了下來，試著讓河鼠提起精神，講講剛才發生了什麼。

可憐的河鼠試圖一點點解釋著，但那大多都是些內在的隱喻性東西，他怎麼能用冷冰冰的語言說清楚呢？他怎麼能對另一個人再次說起那迷人的大海之歌呢，又怎麼能重現航海鼠的千百個回憶的魔力呢？如今，魔法已經被打破，魅力消失殆盡，幾小時前好像是唯一命中註定的事，連他自己也很難說出來了。所以，他沒法跟鼴鼠說明白他那天的經歷，就絲毫不奇怪了。

對鼴鼠來說，有一點是顯而易見的：那一場發作，或者說是一場打擊過後，儘管河鼠留下了一些後遺症，但終究回過神來了。他看起來對日常瑣事失去了興趣，對未來可預見的快樂和季節交替帶來的變化，也無心去安排了。

於是，鼴鼠漫不經心地把話題轉移到了別處：正在收割的作物、堆得像塔似的車子和努力拉車的馬、越堆越高的草垛、成捆成捆的作物，還有空地上冉冉升起的一輪皓月。他還講到日漸變紅的蘋果和變黃的野果子，講到果醬、蜜餞、甜酒，就這麼輕輕鬆鬆談到了隆冬的熱鬧景象，以及屋子裡溫暖舒服的生活。這時的他，變得溫柔抒情極了。

河鼠也慢慢坐下來和他聊天。他木訥的眼睛又明亮起來，無精打采的樣子消失了。

識相的鼴鼠一溜煙走開，拿回了一支鉛筆和幾張半頁的紙，把紙筆放在朋友的手肘旁邊。

「你好久沒有寫詩了，」鼴鼠說，「今晚你可以試試，這總比——對，比老是冥思苦想好多了。我猜，你要是試著寫下幾行的話，就會覺得好多了——哪怕只是押幾個韻。」

河鼠疲倦地推開了紙筆，貼心的鼴鼠找了個理由，便離開了客廳。過了一會兒，他再偷偷看時，發現河鼠已經在全神貫注地寫著詩，兩耳不聞窗外事。他一會兒在紙上塗鴉著什麼，一會兒咬著鉛筆頭。老實說，他咬鉛筆頭的時間遠多於寫字的時間。不過，鼴鼠還是欣然地發現，他的藥方開始發揮效果了。

10 蛤蟆的深度冒險

樹洞的大門朝向東方，明亮的陽光照射進來，落在蛤蟆身上，所以他一大早就醒了，也有一部分的原因是他的腳趾尖被凍得生疼。

他夢見自己睡在了自己的床上，那間帶有都鐸式窗戶的房間裡。在一個寒冷的冬日夜晚，他的被子全都爬了起來，一直發著牢騷，說它們再也受不了這種寒冷了，全都跑到樓下廚房裡去烤火。他只能光著腳在後頭追，跑過好幾英里又長又冰冷的石板地道，又是爭論，又是央求，請它們講點道理。要不是因為曾經蜷縮在石板地上的乾草堆裡睡過好幾個禮拜，幾乎快要忘了厚毛毯一直捂到下巴的舒服感覺，他大概還會醒得更早些。

蛤蟆坐了起來，先揉了揉眼睛，然後揉了揉正在抱怨的腳趾，一時間搞不清楚自己身在何處。他環顧四周，想要尋找熟悉的石牆和裝著鐵欄杆的小窗。

接著，他的心猛地一跳，記起了所有的事——他的越獄，他的逃跑，對他的追捕！他想起來了——最關鍵和最棒的是——他自由了！

自由！光是這個字眼和念頭就抵得上五十條毛毯。他一想到外面那個歡樂的世界，就感覺渾身熱血沸騰起來。那個世界正急切地等待著他凱旋，準備著為他效勞、向他討好，急著要給他幫助，給他做伴，就像他遭到不幸前的那些舊時光一樣。

他抖了抖身子，用爪子梳理掉頭髮上的枯葉，然後便大步走進清晨舒服的陽光裡。雖然寒冷，但信心滿滿；雖然飢餓，但心懷希望。昨天所有的緊張恐懼，全都在一夜的好眠和熱情誠懇的陽光下消逝不見了。

在這個夏天的清晨，他擁有了周圍的整個世界。他獨自穿過這片沾著露水的安靜樹林，一個人隨心所欲地在綠色的田野上馳騁。

他來到的那條路上到處都是冷冷清清的，路看起來就像一隻急著要尋找同伴的迷路狗。然而蛤蟆只是在尋找一樣會說話的東西，至少能夠清楚地告訴他該往哪裡走。要是一個人輕鬆自在，問心無愧，口袋裡有錢，又無人四處追捕你，要把你再次投入監獄，那就跟隨道路的召喚和指引，漫無目的地遊蕩吧。但事實上，蛤蟆卻非常憂心忡忡，每分鐘對他來說都無比重要，而那條路硬是什麼也不說，什麼忙也幫不上，簡直想要踢它幾下才能消氣。

這條沉默的鄉間道路，很快就有了一個靦腆的水渠小兄弟。它們互相信任地手把手、肩並肩，從容地向前走去，但那傢伙同樣也是舌頭打結，對陌生人一聲不吭。「真討厭！」蛤蟆自言自語道，「不過有一點還是清楚的，它們兩個一定是從某處來，要到某處去。這你總沒法否認吧，蛤蟆，我的孩子。」於是，他耐心地沿著水渠大步向前走去。

繞過一個河灣，前方孤零零地走來一匹馬，只見他俯身向前，像是在焦慮地思考著什麼。脖子上的挽繩緊緊拖著一根長繩，繩子隨著腳步不住地滴水，靠遠的一邊淌下來的水滴有珍珠那麼大。蛤蟆等待著馬走過，然後站在原地，看命運會帶給他什麼。

一艘木船從他身邊划了過去。平鈍的船尾在安靜的水面划出一個可愛的漩渦，和縴繩齊高的船舷顏色豔麗。船上唯一的乘客是一個胖女人。她頭戴一頂麻布遮陽女帽，兩條結實的手臂倚在舵柄上。

「今天真是一個很棒的早晨呢，太太！」她把船開到蛤蟆身邊時，跟他打了個招呼。

「確實如此，太太，」蛤蟆沿著拉縴的道路和她並排走，彬彬有禮地回答，「對於那些不像我一樣身處困境的人來說，這的確是一個美好的早晨。喏，我嫁出去的女兒給我寄了一封急信，要我馬上去她那裡。於是，我立刻就出來了。也不知道是發生了什麼事，或是有什麼要發生，就怕有事不妙。太太，如果你也是母親的話，一定能體會我的心情。我只得丟下自家的工作——我是做洗衣這行的，你肯定看得出來，太太——丟下幾個小孩，讓他們自己照顧自己，這幫小屁孩，再也沒有比他們更調皮搗蛋的了。但我不幸弄丟了所有的錢，又迷了路，至於我那嫁出去的女兒會發生什麼事，唉，我連想都不敢想，太太！」

「你那位嫁出去的女兒住在哪裡呢，太太？」船上的女人問。

「就住在大河附近，」蛤蟆說，「靠近那座叫蛤蟆莊園的漂亮房子，也許你聽說過那間房子？」

「蛤蟆莊園？噢，我正準備去那裡呢，」船上的女人回答說，「這條水渠再過幾英里就會匯入大河，那裡就離蛤蟆莊園不遠了。你上船跟我一起走吧，我來帶你一程。」

她把船靠在岸邊停了下來。蛤蟆感激不盡，然後輕鬆地上了船，心滿意足地坐了下來。

「又是蛤蟆的好運氣！」他心想，「我總能逢凶化吉！」

「所以你是做洗衣生意的，太太？」船上的女人彬彬有禮地說著，船在水面上一路滑行，「你的工作很不錯呢，這麼說沒有冒犯你吧？」

「這是全國最好的生意了！」蛤蟆飄飄然地說，「所有的紳士都來我這裡——哪怕倒貼錢給他們，也不肯去別家。他們和我太熟了。你瞧，我對業務精通無比，洗、熨、上漿，打造紳士晚宴時穿的漂亮襯衫——一切都由我親自監督完成的！」

「不過你應該不必親自動手做事吧，太太？」船娘必恭必敬地問道。

「噢，我雇了很多女孩，」蛤蟆輕鬆地說，「有二十來個固定工作的。但你知道這都是些什麼女孩啊，太太！討厭的小懶蟲，我就是這麼叫她們的！」

「我也這麼叫她們，」船娘打心眼裡同意說，「不過我敢肯定，你把你那群懶蟲女孩都調教得老老實實的吧！還有，你非常喜歡洗衣服嗎？」

「我愛洗衣，」蛤蟆說，「簡直愛得發瘋，再沒有比兩手泡在洗衣盆裡時更讓我開心的了。而且對我來說，這太輕鬆了，毫不費力！太太，我向你保證，那真是一種享受！」

「碰上你真是幸運啊！」船娘思量著說，「對於我們兩個來說，今天確實都碰上好運了！」

「噢？你這話是什麼意思？」蛤蟆緊張地問。

「嗯，聽著，」船娘說，「我跟你一樣，也喜歡洗衣。但是不管我喜歡與否，都不得不親自動手，走到哪就要洗到哪。我丈夫呢，是那種遊手好閒的人，把船交給我來打理，所以我從來沒有時間處理自己的事。就像今天，他本該來這裡，看是掌舵，或是牽馬——幸虧那馬懂得自己管自己。但我丈夫卻帶著狗打獵去了，說是去看看能不能在什麼地方打上隻兔子做晚餐，然後在下一道水閘處追上我。好吧，也許會如此，但我信不過他，只要他帶了那條狗出去——要知道那狗比他還壞。這時候，我怎麼還有空洗我的衣服呢？」

「噢，別想著洗衣服的事了，」蛤蟆說，顯然他不喜歡這個話題，「試著去想想那隻兔子吧。我敢說，一定是隻又肥又嫩的兔子，有洋蔥嗎？」

「除了洗衣服，我沒法專注去想其他任何事情，」船娘說，「真是難以置信，眼前就有洗衣服這一件美差事等著你，你怎麼還有閒情聊兔子？船艙一角有我的一大堆髒衣服，你可以挑出幾件最需要洗的衣服——我不好跟你這樣的一位太太直說，但你一眼就可以看出來——在我們這一路上，你就可以把那些衣服浸在洗衣盆裡洗了。你剛說過，對你來說那是愉快的事情，而對我是一種實際的幫助。你可以找到現成的洗衣盆和肥皂，還有一個可以打水的桶，水壺就在爐子上。那樣你就可以享受其中，而不是像現在這樣無聊地坐在這裡看風景、打呵欠了。」

「這樣吧，你讓我來掌舵！」這下真的把蛤蟆嚇壞了，「那樣你就可以如願洗那些衣服了。我怕會把你的衣服洗壞，或者不合你意。我習慣洗男人的衣服，那是我的專長。」

「讓你掌舵？」船娘大笑著說，「要幫一條船掌舵可得有點經驗。再說這工作很無聊，我更想讓你高興。不不，你還是做你喜歡的洗衣工作，讓我繼續掌好熟悉的舵。不要辜負我的一片心意！」

蛤蟆這下被逼到了死角。他四下張望，想找條路逃走，但是看到要一個飛躍跳到岸上，實在是太遠了，就只好屈從命運的安排。「既然被逼到了這一步，」他絕望地想，「我相信哪個笨蛋都能做洗衣服這種工作了！」

他從船艙裡拿出洗衣盆、肥皂和其他一些必需品，胡亂挑了幾件髒衣服，努力回想從前他偶爾從洗衣房窗口瞥見的樣子，然後動手洗了起來。

漫長的半個小時過去了，每過一分鐘，蛤蟆就變得更加惱火。無論他對髒衣服做什麼，都得不到它們的歡心。他嘗試著對它們又哄又擰，還扇耳光，它們卻只是在洗衣盆裡對著他嬉皮笑臉，一副心安理得、拿它奈何的樣子。有一兩次，蛤蟆緊張地回頭看那船娘，只見她專注地望著前方，一心一意掌舵。他腰酸背痛，兩隻爪子也開始泡皺了，而這雙爪子是他一直以來非常愛護的。他低聲咕噥了幾句既不該從洗衣婆，也不該從蛤蟆嘴巴裡說出來的話，第五十次掉了肥皂。

一陣哈哈大笑聲從身後傳來，驚得他瞬間伸直了身子。回頭一看，只見船上那船娘正仰頭大笑，笑得眼淚都從腮幫子上滑落下來。

「我一直在留心觀察你，」她喘著氣說，「一看你那副吹牛樣，我就知道你肯定是個騙子。你真是一個了不起的洗衣婆呢！我敢打賭，你這輩子就沒洗過比洗碗布更多的東西！」

蛤蟆忍耐已久的怒火終於爆炸，失去了控制。

「你這個粗俗又下賤的胖船娘！」他吼道，「你怎麼敢這麼對上等人說話！什麼洗衣婆！我要讓你知道我是誰。我可是大名鼎鼎、人人敬重的了不起的蛤蟆！眼前我可能是慘了點，但我絕不允許一個船娘嘲笑我！」

那女人靠近了湊到他的女帽底下，仔細地端詳了一番。「哎呀，原來你是這麼個傢伙！」她喊道，「好啊，我真是沒想到！原來是一隻醜陋無比、骯髒不堪、叫人毛骨悚然的癩蛤蟆！還敢上我這條漂亮乾淨的船，我絕不能容忍這樣的事發生！」

她放下舵柄，猛地伸出一隻滿是斑點的大手臂，抓住了蛤蟆的一條前腿，同時另一隻手臂迅速地抓住了他的一條後腿。剎那間，蛤蟆感覺天旋地轉，船輕輕地掠過天際，風聲在耳邊呼嘯，自己飛快地旋轉著在空中翻跟斗。

撲通一聲，他終於落到了水裡。事實證明，河水對他來說涼透了。不過刺骨的河水也壓不下他那股驕傲的脾氣，澆不滅他那滿腔的怒火。他掙扎著拍打水面，最後浮了上來。他抹掉眼睛上的浮萍，第一眼就看到那船娘，只見她正從遠去的船艄上回頭看他，笑得前俯後仰。蛤蟆又咳又嗆，發誓要找她報仇。

他划著水向岸邊游去，可是身上的那件棉布衫礙手礙腳的，好不容易終於碰到岸時，又發現四下根本沒人幫忙。費好大的勁，才爬上了那陡峭的岸，歇了一兩分鐘才喘過氣來。他把那條溼裙子搭在手臂上，拔腿拚命去追那條船，內心氣得發瘋，滿腦子想著報復。

終於，他追了上去，和船並排跑著，船娘還在笑他：「把你自己放進軋衣機裡軋一軋，洗衣婆，再把你的臉也燙一下，燙出些褶子來，讓你變成一隻體面的癩蛤蟆啦！」

蛤蟆並不屑於停下來回嘴，儘管他也有好幾句想要回敬她的話。他要的是實實在在的報復，而不是廉價無意義的口舌之快。

他看到了前方的機會，飛快跑去抓住了拉船的那匹馬。他解開挽繩，一把扔掉，輕輕跳上馬背，猛踢馬肚子，催他快跑。他騎著馬飛奔在空曠的原野，離開了拉縴的小路，然後沿著一條布滿車轍的鄉間小路跑下去。

他回頭一看，只見那船已經衝到了運河對岸，船娘正發瘋似的比手畫腳，聲嘶力竭地喊著：「站住，站住，站住！」「這話我以前就聽過了。」蛤蟆哈哈大笑地說著，繼續騎著馬往前狂奔。

拉船的馬缺乏耐力，不能長時間奔跑，很快，奔馳變成了小跑，小跑又變成了漫步。不過，蛤蟆對此還是很滿意，因為他知道，好歹自己在往前走，而船卻走不了。現在他的火氣已經慢慢平息，自認為終於做了件真正聰明的事。他心滿意足地漫步在陽光底下，只選那些偏僻的小徑和馬道，努力忘掉他已經很久沒吃過一頓飽飯這事，直到把水渠遠遠地甩在了身後。

他和馬走了好幾英里路。炙熱的陽光曬得他昏昏欲睡。這時，馬忽然停了下來，低頭開始啃吃青草。蛤蟆猛地驚醒過來，及時穩住才沒有從馬背上掉下來。

他環顧四周，看到自己正身處一片寬闊的公地上，極目望去，地上綴滿了星星點點的荊豆和黑莓，不遠的地方停著一輛破爛的吉普賽大篷車，一個男人坐在車旁的一個桶上，悶頭抽著菸，不時抬頭望著廣漠的天地。附近的柴堆上生著火，火上吊著一個鐵鍋，鍋裡面咕嚕咕嚕冒著泡，還升起一股誘人的淡淡蒸汽。各式溫暖、濃郁、雜七雜八的香氣撲鼻而來，它們交織在一起，最後整個融成一股無比誘人的味道，如同大自然女神的靈魂顯了形，出現在她的孩子面前，給他們帶去撫慰和慰藉。

蛤蟆現在才恍然大悟，過去他根本不明白什麼叫做真正的飢餓。清晨感到的所謂飢餓，不過是一陣微不足道的難受而已。沒錯，現在才是真正的飢餓，而且必須趕緊認真處理，要不然身體就會陷入麻煩。他在一邊仔細觀察那個吉普賽人，不確定是跟他硬碰硬的好還是哄騙撒嬌的好。

於是，他就索性坐在馬背上，嗅了又嗅，盯著那個吉普賽人。吉普賽人也坐在那裡，抽菸，不時看著他。

吉普賽人隨即從嘴裡拿掉菸斗，漫不經心地說：「你那匹馬是要賣嗎？」

蛤蟆吃了一驚。他之前不知道吉普賽人喜歡馬，從不會放過任何一次買馬的機會，也沒想到大篷車總是需要馬拉著到處走。他完全沒想過把那匹馬換成現金。吉普賽人的提議，好像為他取得夢寐以求的兩樣東西——現金和一頓豐盛的早餐——鋪平了道路。

「什麼？」他說，「讓我賣掉這匹年輕力壯的馬？噢，不，免談。否則，誰替我把每個禮拜幫雇主洗的衣服馱去呀？再說，我太喜歡這匹馬了，他跟我也特別親。」

「試著去喜歡一頭驢吧，」吉普賽人提議說，「有些人就喜歡驢。」

「難道你看不出來嗎，」蛤蟆接下去說，「把我的這匹好馬賣給你，不是太便宜你了？他是一匹純種馬，一部分是吧，當然不是你看到的那個部分——是另一個部分。他當年還得過獎呢——當然是在你看到他以前。不過，如果你懂馬的話，應該一眼就能看出來。所以，你說的事想都不要想。但是話說回來，要是你真心想買我這匹漂亮小馬的話，打算出什麼價錢？」

吉普賽人上下打量了一番這匹馬，又同樣仔細地打量了一番蛤蟆，接著又去端詳那匹馬。

「一條腿一先令。」他乾脆地說，然後轉過身去繼續抽菸，一心一意眺望著廣闊的天地。

「一條腿一先令？」蛤蟆喊道，「我得花點時間算一下，看看總共多少錢。」

他爬下馬背，讓他去吃草，自己則坐到吉普賽人身邊，扳著手指頭算起來。最後他算清楚了：「一條腿一先令，那麼正好才四先令，一毛錢也不多？這樣就換我的這匹漂亮小馬，我可不幹。」

「好吧，」吉普賽人說，「我再加一點，最後出五先令，這可比這牲口的價值多出了三先令六便士。」

蛤蟆坐在那裡沉思了好一會兒，一方面他肚子快餓扁了，又身無分文，離家還有好長一段路——他也不知道到底有多遠——而敵人有可能還在四處搜尋他。對一個身處絕境的人來說，五先令也是很大一筆錢了。另一方面，五先令賣一匹馬也太少了點。不過話說回來，這匹馬沒花他一分錢，所以賣多少他都是淨賺的。

最後他斬釘截鐵地說：「這樣吧，吉普賽人！我也告訴你最後的要價。你給我六先令六便士，要現金，另外還要加一樣，盡可能豐盛的早餐，就是你那個香噴噴的鐵鍋裡的東西，讓我吃個飽就行，當然只要一頓。作為回報，我就把我這匹活蹦亂跳、年輕力壯的馬交給你，外加他身上所有的漂亮工具和裝飾物，免費送。要是你還覺得不滿意的話就直說，我就上路去了。我知道附近有個男人，想要我這匹馬已經好幾年了。」

吉普賽人大發牢騷，抱怨說，這樣的買賣要是再做幾樁，他就要破產了。不過最後，他還是從褲子口袋底裡掏出一個髒兮兮的小帆布袋，然後數出了六先令六便士放到蛤蟆手掌心裡。

接著，他鑽進大篷車裡，拿出一個大鐵盤、一把餐刀、一把餐叉、一個餐勺，然後把鐵鍋傾倒過來。於是，一大鍋熱氣騰騰、五彩斑斕的雜燴湯就咕嚕咕嚕流進了鐵盤。這實在是世上最美味的雜燴湯了，它是用鷓鴣肉、野雞肉、雞肉、野兔肉、家兔肉、孔雀肉、珠雞肉，還有一兩樣其他的肉一起燉出來的。蛤蟆接過盤子放在膝蓋上，幾乎都要哭出來了。然後他拚命往肚子裡塞呀塞，還不停要求再來點，好在吉普賽人也不吝嗇。蛤蟆覺得這輩子還從來沒吃到過這麼美味的早餐。

蛤蟆往肚子裡能裝多少就裝多少，直到都快吃撐了，才起身對吉普賽人說了再見，又依依不捨地和馬告別。吉普賽人非常熟悉河邊的地形，給他指了路。他又一次神采飛揚地踏上了行程。相比於一小時前，如今他確實是一隻截然不同的蛤蟆了。陽光明亮地照下來，曬得他身上的溼衣服幾乎快乾透了。現在，他的口袋裡又有了錢，離家和朋友越來越近了，也越來越安全了，最重要的是，一頓營養豐富的熱餐之後，他又重新變得渾身有勁，無憂無慮，還充滿了自信。

他愉快地大步向前走，想到自己一路坎坷的冒險和逃亡，想到每逢絕境時，是怎樣化險為夷的，不由得又驕傲自滿、狂妄自大起來。

「呵，呵！」他下巴朝著天，邊走邊自言自語，「我是一隻多麼聰明的蛤蟆呀！全世界沒有一隻動物能比我更聰明了！我的敵人把我關在監牢裡，設下重重崗哨，派獄卒日夜看守，但憑藉我過人的能力和非凡的勇氣，居然在他們眼皮子底下大搖大擺地溜了出來。他們開火車追我，還出動警察，舉著手槍，而我呢，對著他們打了個響指，哈哈大笑著就不見了。後來我不幸被一個又肥又惡毒的女人扔進河裡。結果如何？我游上了岸，搶了她的馬，還用馬換來滿滿一口袋錢和一頓絕美的早飯！呵，呵！我是蛤蟆，英俊、有名，又成功的蛤蟆！」他趾高氣揚地大步前行，一路自吹自擂，引吭高歌起來，雖然除了他自己，沒有一個聽眾。這恐怕是一隻動物所創作過的最狂妄自大的歌了。

世上曾有許多大英雄，
歷史書上銘記在冊；
但是沒有一人的名聲，
能夠比得上蛤蟆！

牛津大學人才濟濟，
無所不知學富五車；
但沒有一個人的學問，
趕得上聰明的蛤蟆的一半！

方舟裡的動物痛哭流涕，
眼淚如山洪一樣傾瀉；
是誰喊著「陸地就在前方」？
是鼓舞大家的蛤蟆！

軍隊在大路上邁步前行，
他們集體歡呼敬禮。
為了國王，還是基奇納將軍？
不，是為了蛤蟆先生！
王后和她的侍女，

坐在窗前把衣縫。

她喊著：「看！那個英俊男人是誰？」

侍女回答：「是蛤蟆先生。」

諸如此類的歌還多得很，但都狂妄得可怕，不便寫在紙上。這幾首是其中還算溫和的了。

他邊唱邊走，邊走邊唱，越來越得意忘形。但是很快，他的驕傲就一落千丈了。

走過幾英里鄉間小道後，他就來到了公路，沿著白色路面望去，只見一個小黑點正迎面而來，漸漸地變成一個大黑點，接著變成了一個小方塊，最後變成了一樣他非常熟悉的東西。與此同時，兩聲同樣熟悉的鳴笛音，愉快地傳入了他的耳朵！

「這真是太妙了！」蛤蟆興奮地喊了起來，「這才是真正的生活，我再次回到了失去已久的大世界！我要跟開車的兄弟打個招呼，幫他們編一個完美的故事，就像迄今為止其他將我捧上神壇的故事一樣。他們當然會帶上我，然後我再告訴他們更多故事。要是運氣好的話，說不定最後我還能開上汽車回到蛤蟆莊園呢！好好讓獾他們瞧瞧！」

他信心十足地站到馬路中央，招呼那輛汽車。汽車從容駛來，在靠近小路的地方放慢了速度。蛤蟆的臉突然變得煞白，心結成了冰，兩個膝蓋顫抖著，身子蜷縮下來癱成了一團。

這個倒楣的動物，此刻怎能不嚇壞呢，因為開過來的汽車正好是那天他從紅獅旅館院子裡偷出來的那輛，車上的人也正好是那天他看到的那幫傢伙！所有的災難都是從那裡開始的！

他在路上癱成了一堆可憐的爛泥，絕望地自言自語道：「這下全完了！徹底玩完了！又要被警察抓住，戴上鐐銬，又要進監牢，啃乾麵包，喝水！噢，我太蠢了！為什麼要大搖大擺地在鄉下晃來晃去，唱著自吹自擂的歌，還要在光天化日之下在公路上攔車！我應該躲起來，等到天黑的時候，從僻靜的小路悄悄溜回家去！噢，倒楣的蛤蟆啊！不幸的動物啊！」

那輛可怕的汽車正越逼越近，最後，他聽到它就在不遠處停了下來。兩位紳士走下車來，繞著躺在路上的這團顫抖著的東西轉：「天哪！真是太不幸了！這裡有一個可憐的老太太——是個洗衣婆——她在路上暈倒了！也許是中暑了，說不定她今天還沒吃過什麼東西呢。我們把她抬上車，將她送到附近的村子裡去吧。那裡一定有她的朋友。」

他們小心翼翼地把蛤蟆抬上汽車，讓他靠坐在鬆軟的墊子上，然後繼續上路了。

蛤蟆聽見他們語氣和藹，富有同情心，就知道自己沒有被認出來。於是，他開始慢慢恢復了勇氣，先是小心地睜開一隻眼睛，接著又睜開了另一隻。

「瞧，」一位紳士說，「她已經好些了。新鮮空氣對她有好處。現在你感覺怎麼樣，太太？」

「非常感謝你，先生，」蛤蟆發出微弱的聲音，「我覺得好多了！」

「那就好，」那位紳士說，「現在保持安靜，不要試著說話。」

「我不說話，」蛤蟆說，「我只是在想，要是我能坐在前座、司機的旁邊，就可以讓新鮮空氣吹在臉上，好起來就更快了。」

「多麼明智的一位太太！」那位紳士說，「你當然可以坐在前面。」於是他們又小心翼翼地把蛤蟆扶到司機旁邊的前座，繼續上路了。

此時，蛤蟆已經差不多恢復了常態。他坐起來向四周張望，努力壓抑著內心的激動和洶湧支配著他的原始渴求。

「這是命中註定呀！」他對自己說，「為什麼要壓抑呢？為什麼要掙扎呢？」於是，他朝司機轉過臉去。

「求求你，先生，」他說，「我希望你行行好，讓我開一下車吧。我一直在仔細觀察你，這看起來像是很容易很好玩的。我真想告訴我的朋友，我開過一次車。」

聽到這個請求，司機不禁哈哈大笑起來，引得後面那位紳士趕忙追問是怎麼回事。聽了司機的解釋，他說道：「好極了，太太！我就是喜歡你這種勇於挑戰的精神。讓她試試吧，不過要好生關照著她，不要出什麼事。」

蛤蟆迫不及待地爬進司機讓出來的座位上，握住方向盤，假裝謙虛地聽從司機的指揮，開動了起來。一開始他開得很慢很小心，因為他決心要謹慎行事。

後座的紳士連連拍手叫好：「她開得多好啊！想不到一個洗衣婆竟能把車開得這麼好，真是頭一次見到！」

蛤蟆得意起來，把車開得快了一點，接著又快了一點，最後越來越快。

他聽見紳士大聲警告說：「小心，洗衣婆！」沒想到這句話竟惹怒了他，他開始昏了頭。

司機打算去干預，但蛤蟆用一個手肘把他按回到了座位上。車子全速前進著，迎面而來的風、嗡嗡作響的馬達和身下汽車輕輕的彈跳，都摧毀了他那意志薄弱的腦袋。「哼，洗衣婆！」他不顧一切地喊著，「呵！呵！我是蛤蟆，搶走汽車的劫匪，越獄的要犯，總能死裡逃生的蛤蟆！好好坐著，我要讓你們知道什麼是真正的開車。你們現在落入了鼎鼎大名、技術超群、天不怕地不怕的蛤蟆手裡！」

車上的乘客全都驚慌失措地大叫，站起來朝他身上撲去。「抓住他！」他們叫道，「抓住蛤蟆，這個偷我們汽車的壞傢伙！把他捆起來，用鏈子綁起來，把他拉到附近的警察局去！打倒這隻萬惡的危險蛤蟆！」

唉！他們本應該料到，他們本應該更加審慎行事，在玩這類惡作劇之前先把車子停下來。誰知，蛤蟆猛地把方向盤轉了半圈，讓車子衝進了路邊的矮樹叢。車子高高跳起，劇烈地顛簸，四個輪子陷進一個飲馬池，攪得泥水四濺。

蛤蟆覺得自己像燕子一般，在空中劃過一道優美弧線。他很喜歡這個動作，正在想著能不能夠繼續這樣飛下去，直到長出翅膀，變成一隻蛤蟆鳥為止。這時候，「砰」的一聲，他的後背摔在了柔軟茂盛的草地上。他坐了起來，只見那輛汽車陷在泥潭裡，快要沉下去，紳士和司機被他們身上的長外套妨礙著，正無可奈何地在水裡掙扎。

他趕緊跳起來，拔腿拚命奔跑著穿過田野，鑽過矮樹叢，跳過壕溝，跨過曠野，直到累得上氣不接下氣，才不得不放慢速度改成慢步走。等到他稍微緩過氣來，可以安靜思考的時候，就開始咯咯笑起來，笑聲由小變大，直到他笑到前俯後仰，不得不在矮樹叢旁邊坐下來。

「呵！呵！」他自鳴得意地喊道，「蛤蟆又勝利了！蛤蟆照例又是大獲全勝！是誰哄騙他們讓他上車的？是誰想出來為了呼吸新鮮空氣坐到前座？是誰慫恿他們讓他開車的？是誰把他們全都扔進小池塘的？是誰華麗又毫髮無傷地飛過天空逃走了，把那幫心胸狹窄、吝嗇小氣、膽小如鼠的觀光客丟在他們該待的爛泥裡？當然是蛤蟆，聰明的蛤蟆，偉大的蛤蟆，優秀的蛤蟆！」

接著他又放開嗓子唱起來——

小汽車，噗噗噗，

沿著大路飛馳去。

誰把它開進水塘？
是機智的蛤蟆君！
噢，聰明如我！
多聰明，多聰明，無比聰明的——

這時，從遠處傳來一陣輕微的吵鬧聲，他轉過頭去一瞧。哎呀，要命！哎呀！倒楣！哎呀！太絕望了！

大概在隔著兩塊田的地方，一個穿著高筒皮靴的司機和兩個高大的鄉村警察，正拚了命地朝他奔來。

可憐的蛤蟆一躍而起，再次飀地蹦開，心都跳到胸口了。「噢，天哪！」他氣喘吁吁地跑著，上氣不接下氣地說，「我是一頭怎樣的蠢驢啊！我是一頭怎樣驕傲又粗心的蠢驢啊！又狂妄自大了！又大喊大唱起來了！又坐著大誇海口了！噢，天哪！噢，天哪！噢，天哪！」

他回頭一瞥，不出意外地看到那夥人已經追上來了。他拚命往前跑，不住地回頭望，卻發現他們越來越近了。他已經使出了最大的力氣，但是又胖又短的腿限制了他。於是，他們還是追了上來。現在，他可以聽到他們就在身後。

蛤蟆已經顧不得方向了，瘋狂地盲目亂竄，還不時回過頭去看看那些就要勝利的敵人。

突然間，他腳下的土地消失了，他抓了個空，撲通一聲，一頭栽進了湍急的流水中。他無法抗拒地被河水強大的力量沖著走。他明白了，原來在恐慌之中盲目亂跑時，他竟栽進了一條大河裡！

他掙扎著浮出水面，想要抓住河岸邊的蘆葦和燈芯草，可是水流太急，抓到手的草又滑脫了。「噢，天哪！」可憐的蛤蟆喘著氣說，「我再也不偷車了！再也不敢唱狂妄自大的歌了！」剛說完就又沉了下去，接著又冒出水面，只剩口中喘著大氣，四肢胡亂撲打著水面。過了一會兒，他抬頭發現，就在前方靠近岸邊的地方，在他頭頂上方，有一個大黑洞。當河水帶著他經過洞邊時，他伸出一隻爪子，一把抓住了洞邊。然後，他使出全身力氣，慢慢地把身子拖出了水面，直到最後把兩隻手肘支撐在了洞沿上。他在那裡停留了幾分鐘，呼哧呼哧喘著大氣，完全累垮了。

正當他氣喘吁吁地往黑洞裡瞧時，一些明亮的小東西在洞穴深處一閃一閃地朝他移過來。等這亮晶晶的東西湊到他眼前時，它的周圍慢慢顯現出了一張臉，一張很熟悉的臉！

黃褐色的，小小的，還長著鬍鬚。

嚴肅的，圓圓的臉，光滑的毛髮，還長著一對靈巧的小耳朵。

這是河鼠！

11 蛤蟆淚如雨下

河鼠伸出一隻乾淨的棕色小爪，緊緊地抓住蛤蟆的頸背，把他用力往上拉。溼淋淋的蛤蟆一點點穩當地爬上了洞沿，最終安然無恙地站在了門廳裡。

他的身上全是爛泥和水草，水滴滴答答地往下掉。然而這回，他又像過去一樣活蹦亂跳了。如今他來到了老朋友家裡，再也不用東躲西藏了，那套不合身分的偽裝，也可以卸下了。

「噢，河鼠！」他喊道，「你無法想像，自從上次一別之後，我經歷了多少事情、多少考驗、多少磨難，但還好這一切我都扛過來了！然後那些逃亡、那些喬裝、那些招數，所有的一切都是我一手策畫並實施的！我被關進過監獄——當然逃了出來！被扔進了水渠——又游上岸了！偷到了一匹馬——又賣了一大筆錢！我把所有人都玩得團團轉，叫他們對我言聽計從！噢，誰叫我是一隻聰明的蛤蟆，一點也沒錯！你想知道我最後一個壯舉是什麼嗎？別著急，我來告訴你——」

「蛤蟆，」河鼠嚴肅又堅定地說，「你馬上給我上樓，脫掉這件破衣服——看起來它有可能是屬於哪個洗衣婆的——然後好好洗洗乾淨，換上我的衣服，再試著能不能像個紳士一樣走下樓來。我這輩子還從來沒見過比你更寒磣、邋遢、丟人現眼的傢伙！好了，別再吹牛和爭辯了，快去吧！過一會兒我有話跟你說！」

蛤蟆剛開始還打算停下來回敬他幾句。要知道，他坐牢時已經受夠了這種被人呼來喚去的感覺，如今他不可能容忍這種情況再次發生，而且是聽一隻河鼠的使喚！不過，當他從帽架上的鏡子裡，瞥見了自己的模樣，發現那頂褪了色的黑色女帽歪扣在一隻眼睛上時，便立刻改變了主意，迅速乖乖上樓，直奔河鼠的更衣室。他在那裡洗了個徹底，換了身衣服，然後一直佇立在鏡子前，洋洋自得地欣賞自己，心想著，那幫錯把他當成洗衣婆的傢伙——哪怕是一瞬間——完全就是白癡！

等他再一次下樓時，午餐已經擺在了桌上。蛤蟆簡直喜出望外，因為他自從吃了吉普賽人那頓豐盛的早餐之後，又經歷了一連串艱難險阻，體力已經消耗殆盡，肚子也空空如也。吃飯的時候，蛤蟆就一直跟河鼠講述他的所有歷險，主題不外乎還是強調他自己有多麼智勇雙全、臨危不懼、料事如神啦。他把一切都說成好像是一段輕鬆快活、豐富多彩的奇遇。不過，他越是大吹大擂，河鼠就越發變得嚴肅沉默。

蛤蟆說夠了，終於停了下來，河鼠沉默了許久後開口了：「好了，蛤蟆，我本不想讓你難過，畢竟你已經吃了不少苦頭。不過，說老實話，難道你不覺得自己已經變成了一頭可怕的蠢驢嗎？

「你承認，自己戴過手銬，坐過牢，挨過餓，被人追捕，受到羞辱，遭到嘲弄，被扔進河裡——還是被一個女人！這有什麼可值得炫耀的？哪裡來的樂趣呢？這一切都是因為你硬要去偷一輛汽車。

「你很清楚，打從你第一眼見到汽車起，除了遭遇麻煩就沒有得到過任何好處。如果你對於沉迷汽車這事，也像你對其他事物一樣，只是五分鐘熱度——那又幹嘛去偷呢？如果你覺得做個跛子有意思，那就繼續做吧。如果你想換換口味，那就當個破產者吧。但為什麼要選擇去當罪犯？你什麼時候才能變得理智一點，也為你的朋友考慮一下，試著為他們爭口氣呢？我在外閒逛的時候，聽到別的動物談論我的好朋友是個罪犯，你想我心裡是什麼滋味？」

蛤蟆有一點令人寬慰的是，他真的是好性格的動物，從不計較真朋友的數落。即便他執迷於要做什麼，也總是能夠看到問題的另一面。所以，儘管受到了河鼠如此嚴厲的訓斥，他依然毫不介意地在那裡自言自語：「不過那確實很刺激，好玩得要命！」接著還壓低嗓門，從他的身體裡面發出一些奇怪的噪音，「克——克——克，噗——噗——噗」，還有類似於堵住的鼾聲和開汽水瓶蓋的聲音。

只不過，在聽完河鼠的一番話後，他還是深深地歎了口氣，謙虛地說：「對極了，河鼠！你的話聽起來總是這麼有道理！是的，我曾經是一頭驕傲自大的蠢驢，但現在我已經認清現實了。我要做一隻好蛤蟆，再也不做任何蠢事了。至於汽車，自從掉進你的河裡之後，我已經對此毫無興趣了。事實上，當我扒在你的洞口喘氣的時候，忽然有了一個新主意——一個英明的主意，和汽船有關。好了，好了！不要煩躁，老弟，不要跺腳，小心打翻東西。

「這只是一個想法，現在我們不要再去談論它了，喝我們的咖啡，抽我們的菸，安靜地聊一下天。然後，我就悄悄地漫步回我的蛤蟆莊園，穿上自己的衣服，一切又如從前一樣繼續了。我冒的險足夠了，如今我要過一種安靜平穩，又受人尊敬的生活，慢慢打理我的產業，做點改進。空閒時候種種花草，美化一下環境；有朋友來看我的時候，端上豐盛的食物來招待他們。我還要備一輛輕便的馬車去鄉下兜風，就像過去那樣，不再焦躁不安、胡作非為了。」

「漫步回蛤蟆莊園？」河鼠激動地喊著，「你在說什麼呢！難道你還沒有聽說過那件事？」

「聽說什麼事？」蛤蟆說著，臉唰的一下變白了，「說下去，河鼠！快說！不要瞞著我！我沒聽說什麼事啊？」

「你是要告訴我，」河鼠的小拳頭重重敲著桌子大聲叫起來，「你一點也沒有聽說過白鼬和黃鼠狼的事嗎？」

「什麼？那些森林裡的野獸？」蛤蟆叫道，渾身都在劇烈顫抖，「不，一個字都沒聽過！他們都做了些什麼？」

「也沒聽說他們怎麼霸占了你的蛤蟆莊園嗎？」河鼠說下去。

蛤蟆把他的手肘撐在桌上，爪子托著下巴。一顆顆碩大的淚珠從他的眼中溢出，滑落，滴在桌面上，噗！噗！

「說下去，河鼠，」他喃喃地說，「全都告訴我吧。最糟糕的時刻已經過去，我又是一條好漢了，能挺得住。」

「自從你——碰到——碰到那——那件麻煩事以後，」河鼠一字一句地說，「我是說當你——從社交場合消失了很久之後——雖然那只是一個誤會——關於一輛汽車——你知道——」

蛤蟆只是點點頭。

「好吧，這一帶的人自然都議論紛紛，」河鼠繼續說，「不光在河邊這一片，甚至在森林裡也一樣。動物照例分成了兩派。河岸的動物都幫著你，說你受到了不公平的對待，控訴在這片土地上已經毫無正義可言了。但是森林裡的動物說得很難聽，說你是自作自受，現在是該制止這類胡作非為的事的時候了。然後他們變得趾高氣揚，四處宣揚你這回完蛋了，永遠也回不來了！永遠不會！永遠！」

蛤蟆又點點頭，依然一言不發。

「那些小野獸通常就是如此，」河鼠說下去，「但鼴鼠和獾卻堅定地站在你這一邊，說你不久就會回來的。雖然他們也不知道你要怎麼回來，但總會有辦法的！」

蛤蟆再次在椅子上坐直身子，臉上浮現出一絲傻笑。

「他們根據史實來爭論，」河鼠繼續說，「他們說，像你這樣一個臉皮極厚、伶牙俐齒的動物，再加上有厚厚錢包的力量，沒有一條刑法能給你定罪。所以，他們兩個把自己的東西搬進了蛤蟆莊園，睡在那裡，又開窗通風，準備好一切等你回來。雖然他們依然隱約擔心森林裡的那些動物，但沒有想到接下來會發生的事。

「現在要講到這個故事裡最痛苦悲慘的一段了。在一個月黑風高、狂風暴雨大作的夜裡，一群黃鼠狼全副武裝，悄悄爬過馬車道來到大門口。與此同時，一群窮凶極惡的雪貂，穿過菜園偷襲上來，占領了後院和下房，還有一隊打打鬧鬧、無所顧忌的白鼬，占領了溫室和撞球間，把守著對著草坪的法式長窗。

「鼴鼠和獾正在吸菸室裡，坐在爐火旁聊天，一點也沒起疑心。因為那不是一個適合動物外出的夜晚。而此時，那群殘暴的惡棍竟破門而入，從四面八方撲向他們。他們奮力抵抗，但又有什麼用呢？他們兩個赤手空拳，又遭受突然襲擊，再說，兩隻動物怎麼能打得過幾百隻動物？那些傢伙用棍子狠狠毆打這兩隻可憐的忠實動物，嘴裡還罵著不堪入耳的髒話，最後把他們趕到了陰冷潮溼的屋外。」

聽到這裡，沒心沒肺的蛤蟆居然偷偷笑了出來，接著趕緊收斂了神色，裝出一副特別嚴肅的樣子。

「從此以後，那些森林裡的動物就在蛤蟆莊園住了下來，」河鼠繼續說，「還變本加厲地為所欲為，整天躺在床上睡大覺，隨時大吃大喝。我聽說，那地方被弄得亂七八糟、烏煙瘴氣，簡直看不下去！他們吃你的食物、喝你的飲料，還說一些關於你的糟糕笑話，唱一些庸俗下流──呃，什麼監獄啦、縣官啦、警察啦，無聊的罵人歌，一點也不幽默。他們還告訴所有人，要永遠住下去。」

「噢，他們敢！」蛤蟆憤怒地一躍而起，抓起一根棍子就想往外衝，「我現在就去看看他們！」

「沒用的。蛤蟆！」河鼠在他身後大喊，「你最好還是回來坐下，出去只會闖禍。」

可是蛤蟆已經毫不回頭地衝出了大門，根本叫不回來。他快步朝大路走去，肩膀上扛著棍子，氣得嘰嘰咕咕破口大罵，一路徑直來到了他家的前門近旁。突然，從柵欄後面跳出一隻長長的黃雪貂，手裡握著一杆槍。

「來的是什麼人？」雪貂厲聲說。

「別廢話！」蛤蟆怒氣沖沖地說，「你竟敢這麼對我說話？立刻滾開，要不然我就──」

雪貂不再說話，把槍舉到了肩膀上。蛤蟆「颼」地趴倒在地。砰！一顆子彈從他的頭頂呼嘯而過。

蛤蟆愣了一下，接著跳起來拔腿就跑，拚了命地在路上狂奔。邊跑邊聽見雪貂的狂笑聲，還伴隨著幾聲可怕的尖笑，接著又是一陣狂笑聲。

蛤蟆垂頭喪氣地跑了回來，把剛才發生的事情告訴了河鼠。

「我不是告訴過你嗎？」河鼠說，「這樣沒有用。他們設了崗哨，全副武裝，你能做的只有等待。」

然而，蛤蟆並沒有打算立刻放棄。他把船划了出來，向著延伸到河邊、蛤蟆莊園前方的花園划去。

直到划到能夠看見老家的地方，他才停了下來，趴在槳上小心翼翼地觀察情況。一切看起來都非常安寧平靜，周圍空無一人。他看到夕照下的蛤蟆莊園正發著光；三三兩兩的鴿子停在筆直的屋脊上；花園裡的花朵安然盛放；通向船塢的小河道、跨過河道的小木橋，一切都安靜如常，似乎在等待著他歸來。

他思索著自己可以試著先進到船庫，便小心翼翼地划進小河道的入口處，正當他要從橋下鑽過去的時候，只聽得——轟隆！

一塊大石頭從上面落下來，砸穿了船底。瞬間，船裡灌滿了水，沉了下去。蛤蟆拚命在深水裡掙扎，一抬頭，卻看見兩隻白鼬正靠在橋欄杆上，幸災樂禍地望著他。「下回砸的就是你的腦袋了，癩蛤蟆！」他們嘲笑著說。惱怒的蛤蟆只好向岸邊游去，留下兩隻白鼬笑得抱成了一團，幾乎快笑暈了兩次——當然是一隻白鼬一次。

蛤蟆疲倦至極地走回去，再一次告訴河鼠這次令人失望的經歷。

「是吧，我是怎麼跟你說的？」河鼠十分生氣地說，「而現在，你看看自己！看看你幹了什麼好事！把我心愛的船給弄沒了，這就是你幹的好事！還把我借給你的漂亮衣服給毀了！老實說，所有的動物都受不了你——真不知道，還有誰願意跟你繼續做朋友！」

蛤蟆立馬意識到，自己又做了一件大錯特錯、愚蠢至極的事。他承認了因為自己的過失和糊塗，弄丟河鼠的船，糟蹋了他的衣服。他滿懷誠意地向河鼠道歉，相信自己坦率的認錯，總能緩和朋友間的關係，獲得他們的諒解。最後，他說：「河鼠！我知道自己是個任性放肆的傢伙！但是從今往後，我將會變得謙卑溫順，請相信我，沒有你善意的勸誡和堅定的支持，我什麼也不會做的！」

「希望真能如此。」好脾氣的河鼠已經心平氣和下來，他說，「那麼現在，我勸你坐下來吃晚餐，因為時間已經很晚了——晚餐一下就上桌，耐心等吧。我認為，我們現在什麼也做不了，等到見到鼴鼠和獾他們再說吧。到時候聽他們講講最新的消息，坐下來開個會，看看他們對這件事的意見。」

「噢，啊，是的，當然了。鼴鼠和獾，」蛤蟆輕輕說，「他們現在怎麼樣了，這兩位親愛的朋友？我差點把他們給忘了。」

「虧你還問一句！」河鼠責備他說，「當你開著豪華汽車在鄉間兜風，騎著純種馬神氣活現地亂跑，到處吃吃喝喝時，你那兩個可憐又忠實的朋友，不管晴天下雨，都在野外風餐露宿，白天艱苦度日，晚上睡得很辛苦，替你守著房子，巡邏著地界，無時無刻不盯著那些白鼬和黃鼠狼，計算和籌畫著怎樣幫你奪回財產。你不配擁有這樣真誠和忠實的朋友。蛤蟆，你不配，真的。總有一天，你會為當初沒有好好珍惜這樣的朋友而後悔！可惜為時已晚！」

「我是個忘恩負義的畜生，我知道，」蛤蟆流下了苦澀的眼淚，「讓我出去找他們，到寒冷漆黑的夜裡去，分擔他們的苦難，試著證明——等一等，我聽到了托盤上碗碟的叮叮噹噹聲！晚飯終於來了，萬歲！來吧，河鼠！」

河鼠這才想起來，可憐的蛤蟆被關在監獄裡好長時間了，急需補充大量的食物。於是，他跟著蛤蟆來到餐桌旁，慷慨地勸他多吃點，好補上過去這段時間失去的體力。

他們剛吃完飯，坐到扶手椅上，外面就傳來重重的敲門聲。

蛤蟆立刻緊張起來，但是河鼠神祕地朝他點點頭，直接走到門口，打開了門。進來的是獾先生。

獾看起來好像已有好幾個晚上沒有回家，沒過著他原本舒服自在的生活。他的鞋子上全是泥，渾身粗糙蓬亂。不過，這位獾先生，哪怕在最體面的時候，也不是個注重外表的傢伙。

他嚴肅地走到蛤蟆面前，伸出爪子握手說：「歡迎回家，蛤蟆！天哪，我都說什麼了？什麼家呀，真是！這真是一次悲慘的回家。不幸的蛤蟆！」然後，他轉身在餐桌旁坐了下來，把椅子拉近餐桌，動手切了一大塊冷派。

這樣一種極其嚴肅又毫無預兆的歡迎方式，使蛤蟆感到非常不安。但是河鼠悄悄跟他說：「沒關係，不要在意，暫時什麼也不要跟他說。他肚子餓的時候，總會情緒低落，無精打采。等過半個鐘頭，他就又脫胎換骨了。」

於是，他們默默地等著。很快，門外又傳來另一下更輕的敲門聲。河鼠對著蛤蟆點點頭，走去開門，進來的是鼴鼠。鼴鼠也是一身破舊，沒有洗過澡，毛上還沾著些乾草和稻草。

「萬歲！老蛤在這裡啊！」鼴鼠喜不自勝地叫道，「沒想到你又一次回來了！」他圍著蛤蟆跳起舞來，「我們做夢也沒想到你這麼快就回來了！嗨，你肯定是逃出來的吧，你這隻聰明、靈巧，又機智的蛤蟆！」

河鼠嚇壞了，扯扯他的手臂，但是為時已晚了。蛤蟆再次膨脹了起來。

「聰明？噢，不！」他說，「其實我並不聰明，我的朋友也都這麼覺得。我只不過是逃出了英國最堅固的監獄，如此而已！只不過上了一列火車，坐著它逃走了，如此而已！只不過喬裝打扮在鄉間到處晃，騙過了所有人，如此而已！噢，不！噢，不！我不聰明。我是一頭蠢驢，我是的！我告訴你一兩段我的小小歷險記吧，鼴鼠，你可以自己來判斷！」

「好吧，好吧，」鼴鼠說著，向擺著晚餐的餐桌走去，「吃飯的時候跟我好好講講可以嗎？早飯過後，我還沒吃過一口東西呢！噢，天哪！噢，天哪！」他坐下來埋頭吃著冷牛肉和酸黃瓜。

蛤蟆又開腿站在爐毯上，伸手從褲子口袋裡掏出一把銀幣。「看這個！」他炫耀著這些銀幣大聲說，「不錯吧？幾分鐘就弄到了。你再猜我是怎麼弄到手的？鼴鼠，賣馬。我就是這麼做的！」

「繼續說，蛤蟆。」鼴鼠對此非常感興趣。

「蛤蟆，安靜點吧，拜託你了！」河鼠說，「別再慫恿他說下去了，鼴鼠，你知道他的德性。既然蛤蟆終於回來了，還是請你趕快告訴我們，目前情況怎麼樣，我們應該怎麼做才好。」

「情況簡直糟透頂。」鼴鼠氣呼呼地說，「至於該怎麼辦，見鬼，如果我知道就好了！我和獾沒日沒夜地一圈圈圍著那地方轉，情況總是相同的，到處遍布崗哨，槍口對準我們，石頭朝我們扔來，總有一隻動物在警戒著，他們一看見我們，好傢伙，就笑成了那副死樣子！那是最讓我生氣的地方！」

「情況的確非常不妙，」河鼠深深地思考著，「不過我想我現在已經知道，蛤蟆應該做什麼了。我告訴你，他應該——」

「不，他不應該！」鼴鼠嘴裡塞滿了食物，大聲喊道，「完全不是那麼回事！你不明白。

他應該——」

「哼，無論如何，反正我不幹！」蛤蟆激動地叫起來，「我才不聽你們這些傢伙使喚呢！關於我的房子，我很清楚應該怎麼做，我來告訴你們，我就要——」

他們三個同時扯著嗓子說話，聲音要有多大就有多大，簡直震耳欲聾。這時，一個又細又乾的聲音響了起來：「你們全都給我安靜下來！」幾隻動物頓時不說話了。

說話的是獾，他剛吃完派，正從椅子上轉過身來，嚴厲地盯著他們三個。確認他們三個的注意力已經集中在了自己身上，等著他發話的時候，卻掉轉身去伸手拿起司。這位動物穩重的品格贏得了大家的尊敬，樹立了他的威望。他們不再吭聲了，靜靜地等著獾吃完這頓飯，然後撣掉膝蓋上的麵包屑。蛤蟆還坐不住地扭來扭去，可是河鼠牢牢地按住了他。

吃完後，獾從座位上站了起來，走到壁爐前，思考了一會兒，終於開口了。

「蛤蟆！」他嚴厲地說，「你這個光會惹麻煩的小混蛋！你自己不覺得羞愧嗎？你想想你的父親——我的老朋友——要是今晚在這裡，知道你的所作所為，他會怎麼說？」

蛤蟆正坐在沙發上，翹著二郎腿，聽到這話，不由轉過身去擋住他的臉，渾身顫抖地痛哭起來。

「好了，好了！」獾繼續說下去，語氣溫和了一些，「沒關係，別哭了。過去的我們就讓它過去，從頭開始吧，不過鼴鼠說的話全是真的。那些白鼬四處戒備，想要強攻是完全不可能的，而且他們是世界上最好的哨兵，對我們來說太強大了。」

「那麼一切都完了，」蛤蟆抽泣著，把頭埋在沙發墊裡痛哭起來，「我要報名當兵去，再也看不到我親愛的蛤蟆莊園了。」

「好了，振作起來！小蛤。」獾說，「我還沒說完呢，除了強攻之外，想要收復一個地方，還有些別的辦法。現在我要告訴你們一個大祕密。」

蛤蟆慢慢坐起來，擦乾了眼淚。祕密對他來說具有巨大的吸引力，但是他自己卻從來不能守住任何祕密。每當他忠實地向人保證不會洩露祕密後，轉身就去告訴了別的動物，並且還享受著這種罪惡的刺激感。

「有——一條——地下——通道，」獾意味深長地說，「從離這裡很近的河岸邊，一直通到蛤蟆莊園的中心。」

「噢，胡說！獾。」蛤蟆漫不經心地說，「你是聽信了附近酒館裡那些人的流言蜚語。蛤蟆莊園的裡裡外外，每一吋土地，我都清清楚楚。我可以向你保證，根本沒有這麼一回事。」

「我年輕的朋友，」獾一本正經地說，「你的父親是一位德高望重的動物，比我所認識的所有其他動物都要賢明得多，他和我是至交，曾經對我說了很多做夢也不想告訴你的話。是他發現了那條地道——當然那不是他挖的，而是他來到這裡之前幾百年就存在的——然後修整並打掃了那條地道，想著有朝一日，萬一碰上危險或者困難，也許能用得上它。他還帶我去看過，囑咐我千萬別先讓你知道。他說，『我兒子本性不壞，只是個性太輕浮，管不住自己的嘴巴。如果以後他真遇上了麻煩，需要用上這地道，你就可以把這個祕密告訴他，但是在此之前千萬要保密。』」

河鼠和鼴鼠不約而同地望著蛤蟆，看他會有什麼反應。蛤蟆一開始很生氣，可是不一會兒就忘了這事。他就是這麼一個開朗隨和的傢伙。

「是啊，是啊，」他說，「也許我是多嘴了點。像我這樣交友廣泛、朋友成群的人，一高興，一開玩笑，一吹牛，一講故事——有時候免不了會多說兩句。我很有說話的天賦，有人說我應該主持一個沙龍，不管是什麼主題。別管這個，繼續吧，獾。你說的這條地道能幫上我們什麼忙呢？」

「我最近發現了一兩個情況，」獾繼續說，「我叫水獺扛著掃帚，假裝掃煙囪，去後門找事做，便打聽到，他們明晚要在那裡舉辦一個盛大的宴會——我猜想是給那個黃鼠狼頭頭過生日——所有的黃鼠狼都將聚在宴會廳裡，大吃大喝，說說笑笑，沒人會起疑。沒有槍，沒有劍，沒有棍子，反正任何武器都不會帶！」

「但是崗哨還是會像往常一樣布置的呀？」河鼠提醒道。

「沒錯，」獾說，「這正是我的點子。黃鼠狼將完全信賴他們那幫頂呱呱的哨兵。然後那條地道就派上用場了。它正好直通管家的食品室，就在宴會廳的旁邊！」

「啊哈！難怪管家的食品室地上那塊地板總是嘎吱作響！」蛤蟆說，「這下我明白了！」

「我們可以偷偷爬進管家的食品室——」鼴鼠喊起來。

「帶上手槍、劍和棍子——」河鼠叫道。

「——衝向他們！」獾說。

「——重重地打，重重地打，重重地打！」蛤蟆欣喜若狂地喊著，滿屋子轉圈飛奔，跳過一把又一把椅子。

「那很好，」獾恢復他一如既往的淡定模樣，「我們的計畫就這麼定了，也沒什麼可再爭執的了。現在已經很晚了，你們都上床睡覺去吧。明天早上我們再做詳細安排。」

蛤蟆自然只能乖乖地跟著其他人上床睡覺去了——他知道現在最好不要拒絕——儘管他因為太興奮，還毫無睡意。不過，在他度過了漫長的一天，經歷了許多風風雨雨之後，才發覺床單和毯子是多麼親切舒服的東西。要知道，不久前他還睡在不通風的地牢石板地上，只鋪了薄薄的一層乾草。

所以蛤蟆的腦袋沾到枕頭還不到幾秒鐘，就已經幸福地打起鼾來。自然，他做了各式各樣的夢：他夢見正要走上大路時，大路就從身邊溜走了；夢見水渠追著他，最後把他抓住了；夢見他正在舉辦晚宴時，一艘大木船開進了宴會廳，船上裝滿了他一個禮拜要洗的髒衣服；夢見他孤零零一個人在祕密地道裡摸索行進，地道卻越變越扭曲，九彎十八拐，最後搖晃著豎了起來。不過最後，他還是平安勝利回到了蛤蟆莊園。所有的朋友都圍著他，嘖嘖稱讚他確實是一隻聰明的蛤蟆。

第二天早上，他起來得很晚，下樓時，發現其他人都已經吃過早餐了。鼴鼠自己一個人不知溜到什麼地方去了，沒有告訴任何人。獾坐在扶手椅上看報，看起來對今晚要發生的事情漠不關心。河鼠呢，忙著在屋子裡跑來跑去，懷裡抱滿了各種武器，還在地面上把它們分成四小堆，一邊跑，一邊上氣不接下氣興奮地說：「這把——劍——給——河鼠，這把——劍——給——鼴鼠，這把——劍——給——蛤蟆，這把——劍——給——獾！這支手槍——給——河鼠，這支手槍——給——鼴鼠，這支手槍——給——蛤蟆，這支手槍——給——獾！」隨著他富有節奏的一字一句，那四小堆越來越高。

「你做得很好，河鼠，」過了一會兒，獾從報紙上方探出一隻眼睛，望著那隻忙個不停的動物說，「我並不是要責怪你，不過，我們這回要繞開那些帶著可惡槍支的白鼬，我向你保證，我們用不著任何劍和槍。我們四個，拿著棍子，只要一衝進宴會廳，哼，五分鐘就能把他們一掃而光。其實我一個人就能搞定整件事，只是我不願剝奪你們幾個的樂趣！」

「保險一點總是好的。」河鼠沉思著，用袖子把一支槍筒擦得晶亮，然後順著槍管驗看。

蛤蟆一吃完早飯，便撿起一根粗木棍使勁掄著，想像著把那幫敵人打得落花流水。「敢搶我的房子！」他喊道，「我要學學他們，我要學學他們！」

「不要說『學學他們』，蛤蟆，」河鼠震驚地說，「這不道地。」

「你為什麼總是挑剔蛤蟆呢？」獾滿不高興地說，「他的話怎麼了？我自己也是這麼說的，完全沒問題，你也應該這麼覺得！」

「對不起，」河鼠謙虛地說，「我只是覺得應該說『教訓』他們，而不是『學學』他們。」

「但我們不是想要『教訓』他們，」獾回答說，「我們是要『學學』他們——學學他們，學學他們！重點是，我們也將要這樣去做！」

「噢，好吧，就依你自己的說法吧。」河鼠感覺自己也被弄糊塗了。他立刻縮進一個角落，在那裡不停咕噥著「學學他們，教訓他們。教訓他們，學學他們！」，直到獾厲聲叫他住口。

不一會兒，鼴鼠翻著跟斗走進了房間，顯然很是得意。「我大幹了一場！」他說，「惹惱了那些白鼬！」

「我希望你剛才夠小心了，鼴鼠。」河鼠焦急地說。

「我也希望如此，」鼴鼠自信滿滿地說，「早上我進去廚房，看看蛤蟆的早餐還熱不熱，看到他昨天回來時穿的那件洗衣婆的衣服，掛在了爐火前的毛巾架上，便想到一個點子。我把它穿在身上，然後戴上帽子，披上圍巾，走到蛤蟆莊園的大門口去。那些哨兵當然是舉著槍守在大門口，盤問著『來者何人？』之類的廢話。『早安！各位先生。』我彬彬有禮地說：『今天有什麼東西要洗嗎？』

「他們傲慢地板著臉，正眼都沒瞧我一下，凶巴巴地呵斥道：『滾開，洗衣婆！我們在站崗，沒有任何東西要洗！』於是我說：『那我換個時間來吧？』哈，哈，哈！我是不是很可笑，蛤蟆？」

「可憐又輕浮的動物！」蛤蟆高傲地說。事實上，他非常嫉妒鼴鼠剛才做的事情。因為這也正是他想要去做的，不過前提是，他能早一點想到，並且沒有睡過頭。

「一些白鼬很是憤怒，」鼴鼠繼續說，「然後那個值班的警官，簡短地對我說了幾句，他說：『你現在快走吧，我的好太太！不要讓我手下的人在值勤的時候閒聊！』『快走開？』然後我說，『要不了多少時間，該走開的就不是我了！』」

「噢，鼴鼠，不過你怎麼能這樣說呢？」河鼠驚慌地說。

獾放下他手裡的報紙。

「我看到他們豎起了耳朵，互相對視了一眼，」鼴鼠繼續說，「警官對他們說『不要理她，她自己也不知道在胡說些什麼。』」

「『噢！我不知道？』我說，『好吧，不久你就會明白我到底知不知道。老實告訴你吧，我女兒是幫獾先生洗衣服的，她打聽到，今晚有一百隻嗜血的獾，手持步槍，要從馬場那邊過來，進攻蛤蟆莊園；滿滿六條船的河鼠帶著手槍和彎刀要從河上面過來，在花園登陸；還有一隊經過選拔的蛤蟆，號稱敢死隊，要強攻果園，掃蕩一切，叫囂著要報仇。等他們把你們都解決了，到時候，你們就沒什麼要洗的了，除非你們能夠幸運地逃掉！』然後我就跑開了，到他們看不見的地方躲了起來。但接著，我又很快沿著壕溝爬了回來，透過樹籬偷看他們。他們一個個都慌亂至極，四散逃跑，互相撞倒，全都在發號施令，但是沒有一個人在聽。那個警官不停地派一隊隊白鼬到遠處去查看，接著，又派另外一隊白鼬去把他們叫回來。我聽見他們互相埋怨著：『都是那些黃鼠狼，他們自己舒舒服服地待在宴會廳裡，吃吃喝喝，載歌載舞，不亦樂乎，卻要我們在又冷又黑的屋外站崗，到最後，還要被那些嗜血的獾剁成肉泥！』」

「噢，鼴鼠，你這個蠢驢！」蛤蟆嚷道，「你搞壞了所有的事！」

「鼴鼠，」獾用他一貫乾巴巴的平靜語氣說，「我看得出來，你一個小指頭裡的智慧，也比某些動物整個胖身體裡的智慧多。你做得非常棒，我開始對你寄予厚望了。好鼴鼠！聰明的鼴鼠！」

蛤蟆簡直嫉妒得要發瘋，他尤其弄不明白，鼴鼠是如何做到那些所謂的聰明之事的。好在他很幸運，在獾的譏諷下，他還沒來得及發脾氣或暴露自己，午餐的鈴聲就響起來了。

這是一頓簡單但耐餓的午餐——培根和蠶豆，還有通心粉布丁。他們吃完飯後，獾便坐在一張扶手椅上說：「好，我們今晚的工作已經定下來了，結束之後可能已經很晚了，所以，在我還有時間睡覺的時候，我要瞇一會兒。」然後，他用一塊手帕蓋住臉，很快就打起呼嚕來。

勤勞又急性子的河鼠一放下碗筷，就馬上又做起了準備工作，在他那四小堆東西之間跑來跑去，咕噥著「這根——皮帶——給——河鼠，這根——皮帶——給——鼴鼠，這根——皮帶——給——蛤蟆，這根——皮帶——給——獾」等等。他又弄出許多新裝備，看起來沒完沒了。

鼴鼠挽著蛤蟆的手，把他帶到外面，推進藤椅裡，要他從頭到尾一五一十地把所有的冒險經歷講給他聽。這正合蛤蟆的意。鼴鼠是很好的傾聽者，而蛤蟆呢，只要沒人打岔或是發表不友善的言論，他就可以沒完沒了地講個不停。事實上，他的言論大部分是那種「要是我早十分鐘想到，事情就不會如此了」諸如此類。這些總是最精彩、最刺激的冒險故事，為什麼不該成為我們真實的生活呢——就像那些發生了，但不夠精彩的經歷一樣？

12 榮歸故里

天色漸暗的時候，河鼠帶著興奮和神祕的神情，把大家叫回到客廳裡，他讓每個人站到屬於自己的一堆東西前面，為即將到來的戰鬥動手武裝自己。他對此異常認真仔細，花了很多時間。

起先，他給每個動物圍上一根皮帶，接著，在每根皮帶上插上把劍，又在另外一邊別上一把彎刀。然後給每人發了一對手槍、一根警棍、幾副手銬、一些繃帶和膏藥，還有一個水壺和一盒三明治。獾頗具幽默感地笑著說：「好了，河鼠！這麼做既讓你高興，又對我沒損失。但我只用這根木棍就夠了。」河鼠只是說：「不好意思，獾！我只是不希望你事後責怪我，說我忘了帶什麼東西！」

一切準備就緒，獾便一隻爪子提著一盞幽暗的燈籠，一隻爪子握著他那根大木棍，說：「現在跟我來！鼴鼠第一個，因為我對他很滿意。河鼠下一個，蛤蟆走最後。聽著，小蛤！不允許你跟平時一樣說個沒完，否則你就會被打發回去，聽天由命！」

蛤蟆擔心自己會被留下，只好一言不發地接受指派給他的蹩腳位置。然後，這群動物就出發了。

獾帶領大家順著河邊走了一小段路，然後，突然間，他藉著樹枝蕩進了河岸邊的一個略高於水面的洞裡。鼴鼠和河鼠安靜地跟在後面，也照著獾的樣子蕩進了洞裡。然而，輪到蛤蟆時，他爪子一滑，撲通一聲就響亮地落到了水裡，伴隨著一聲尖叫。朋友把他拉了上來，匆匆忙忙幫他從頭到腳擦了一遍，擰乾衣服，安慰幾句，扶他站起來。獾可真生氣了，警告蛤蟆，要是下次再做蠢事，鐵定要把他丟下。

最後，他們終於踏進了那條神祕的地道裡，抄捷徑的探險隊才真正開始上路了。

地道裡陰冷潮溼，低矮狹窄，可憐的蛤蟆開始發起抖來，一半是因為害怕前方可能會遇到的不測，一半是因為他已經渾身溼透了。燈籠在前面很遠的地方，在黑暗中，他已經落在了後面。

這時，他聽到河鼠警告說：「跟上，蛤蟆！」他很害怕自己會被丟下，獨自一人留在黑暗裡，因此拚命向前衝，卻因此撞倒了河鼠，然後河鼠撞倒了鼴鼠，鼴鼠又撞倒了獾，一下子亂成一團。獾起初還以為背後被人襲擊，洞裡太窄用不上棍子或短劍，就拔出手槍，正要對著蛤蟆開槍。當他發現真相後，不禁怒火中燒起來：「這回你這煩人的蛤蟆必須留下！」

沒想到，蛤蟆嗚咽了起來，另外兩隻動物也保證，會負責讓蛤蟆規矩行事，獾才終於平息了怒火，帶領隊伍繼續前進。然而，這回由河鼠殿後，他牢牢地抓住蛤蟆的肩膀。

於是，他們就這樣豎起耳朵，爪握手槍，一步步摸索著前行。直到獾說：「我們現在應該離蛤蟆莊園的底下很近了。」

忽然間，他們聽到一陣混亂的嘈雜聲，似乎很遠，但是顯然就在他們的頭頂上。聽起來像是有許多人在大喊和歡呼，腳跺著地板，拳頭捶打著桌子。蛤蟆的緊張和恐懼感瞬間又全部湧上心頭，然而，獾只是平靜地說：「他們正在鬧呢，那些黃鼠狼！」

地道開始傾斜著向上，他們又摸索著走了一小段路，接著，嘈雜聲再次出現了，這回很清晰，就在他們的頭頂上方。他們聽到「噢，萬歲，噢，萬歲，噢，萬歲！」的聲音，還有小腳跺著地板的聲音，小拳頭捶著桌子時、玻璃杯發出的叮噹聲。

「他們玩得多瘋！」獾說，「來吧！」他們順著地道急速前進，一直走到盡頭，才發現自己已經站在了通往管家食品室的那道活門底下。

宴會廳裡巨大的嘈雜聲淹沒了他們幾個的聲音。獾說：「好！各位兄弟，大家一起上！」然後他們四個用肩膀把活門頂開，再舉著彼此，依次上去。他們驚喜地發現自己站在了管家的食品室裡，和宴會廳之間只有一門之隔，而那邊毫無覺察的敵人正在狂歡。

他們爬出地道時，那嘈雜聲簡直震耳欲聾。最後，歡呼聲和敲擊聲慢慢退去了，只聽見一個聲音在說：「好了，我不打算占用你們太多時間，」──（熱烈鼓掌）──「但是在我坐下來之前，」──（繼續歡呼）──「我要為我們厚道的主人蛤蟆先生說一句話。我們全都認識蛤蟆！」──（大笑）──「善良的蛤蟆，謙虛的蛤蟆，誠實的蛤蟆！」──（歡樂的尖叫聲）

「別讓我抓到他！」蛤蟆咬牙切齒地咕噥著說。

「再撐一分鐘！」獾好說歹說才勸住他，「你們大家都做好準備！」

「──讓我來給你們唱一首歌，」那聲音又說，「這是我以蛤蟆為題創作的──」（經久不息的掌聲）

隨後，那個黃鼠狼頭子──就是他──就吱吱喳喳高聲唱起來──

蛤蟆出來找樂子，
快活走在大街上──

獾挺直了身子，雙手緊緊握著木棍，眼光掃了一圈他的同伴，接著喊道──

「就是現在，跟我來！」

然後，猛地推開了門。

我的天啊！

空氣中充滿了各種尖叫聲、吱吱聲，還有嚎叫聲啊！

四位英雄憤怒地衝進宴會廳，一場驚天恐慌上演了。嚇壞了的黃鼠狼鑽到桌子底下，發瘋似的跳窗逃走，白鼬瘋狂地衝向壁爐，卻絕望地擠在了煙囪裡。桌子和椅子紛紛翻倒，杯子和瓷器在地上摔得粉碎。

威武的獾，他的鬍子倒豎起來，棍子在空中呼呼揮舞。冷酷的鼴鼠揮動著木棍，大聲喊著可怕的戰鬥口號：「鼴鼠來了！鼴鼠來了！」堅決的河鼠插滿了一皮帶的各式武器。蛤蟆呢，由於過度激動和自尊心受傷而發起瘋來，身體比平時大出一倍，高高跳到空中，發出癩蛤蟆淒厲的呱呱叫聲，嚇得他們骨髓裡直發涼。「『蛤蟆出來找樂子』！」他大吼著，「我要讓你們樂個夠！」他奮不顧身直撲向黃鼠狼頭子。

雖然他們一共才四個，可是那些處於恐慌中的黃鼠狼覺得，整個大廳看起來充滿了怪物，灰色的、黑色的、棕色的、黃色的，怒吼著，狂叫著，揮舞著巨棍。他們驚慌失措，尖叫著四下逃竄，跳出窗子，蹦上煙囪，不管逃到什麼地方，只要能躲開那些可怕的棍子就好。

戰鬥很快就結束了。四個朋友把整個大廳上下檢查一番，每露出一個腦袋，就用木棍敲上一下。僅僅五分鐘，屋子就清除乾淨了。透過破碎的窗戶，還能隱隱約約聽見，嚇慘的黃鼠狼在草坪上逃竄的尖叫聲。一時間，地板上橫七豎八地躺著幾十個敵人，鼴鼠正忙著給他們戴上合適的手銬。獾在忙碌了一番之後，斜靠在木棍上休息，擦著他那忠厚眉頭上的汗。

「鼴鼠，」他說，「你是最好的夥伴！我要謝謝你才是。你快順著近道，出去看看那些白鼬哨兵都在幹些什麼。今晚他們應該不會再給我們惹麻煩了。」

鼴鼠立刻跳出了窗戶。獾吩咐另外兩隻動物把一張桌子扶起來，從地上的廢墟中撿起餐刀、餐叉、盤子、玻璃杯，再看看能否找到一些食物作為晚餐。「我要吃點東西，我要吃，」他用那一如既往不疾不徐的語氣說，「動起來，蛤蟆！我們幫你把房子搶了回來，你卻連一塊三明治也沒給我們。」

蛤蟆覺得內心有點受傷，因為獾沒有像對待鼴鼠那樣，對他也說句讚美的話，沒稱讚蛤蟆是一個多麼好的夥伴，戰鬥得有多麼出色。他還對自己直撲黃鼠狼頭子，一棍將他打飛過桌子的表現頗為得意呢。可是，他還是默默地跟著河鼠尋找。

很快，他們就找到了一玻璃碟子的芭樂醬、一隻凍雞、一條還沒怎麼碰過的牛舌、幾塊蛋糕，還有許多份的龍蝦沙拉。在管家的食品室裡，他們又找到了一籃法式圓麵包、大量的起司、奶油，以及芹菜。他們剛要坐下，就看見鼴鼠笑著從窗口爬進來，懷裡抱著一堆步槍。

「一切都結束了，」他報告說，「據我的調查，那些白鼬本來就很忐忑不安，一聽到大廳裡的尖叫聲、大喊聲和騷動聲，很快就投降了，有的扔下步槍逃走，另一些堅守了一會兒，但是當黃鼠狼奔向他們的時候，他們就以為自己被出賣了。於是白鼬和黃鼠狼扭打在一起，互相搏鬥著、廝打著、衝殺著，翻來滾去，直到他們大多數都滾到了河裡！現在他們全都消失了，不是這樣逃走的，就是那樣掉河裡的。我弄回了他們的步槍。所以，全都搞定了！」

「你這動物真了不起，值得稱讚！」獾嘴裡塞滿雞肉和蛋糕說著，「現在，在你坐下來和我們一起吃飯之前，這裡只剩一件事要辦，鼴鼠。原本我不想再麻煩你，但是我知道這件事只有你能辦好，雖然我希望能對我認識的每個人說這話。如果河鼠不是詩人的話，我會派他去的。我要你把地板上的這些傢伙帶上樓，讓他們收拾出幾間屋子，整理得乾乾淨淨、舒舒服服。你盯著他們把床底下打掃一遍，再鋪上乾淨的床單，套上枕頭套，把被子的一角掀開，你知道該怎麼做。還要在每間臥室裡放一罐熱水，一些乾淨的毛巾和新打開的肥皂。然後，要是你對成果滿意的話，可以給他們每人一頓揍，再把他們趕出後門。我想我們今後再也不會見到他們了。解決之後，就過來吃點這種冷牛舌。這可是一等一的美味。我對你很滿意，鼴鼠！」

執行力超強的鼴鼠撿起一根棍子，讓他的俘虜在地板上排成一行，向他們發出「快步走」的命令。隨後，他就帶著這一小隊人馬上樓去了，過了一會兒，就下樓來笑著說，每個房間都準備好了，乾淨得一塵不染。「我也用不著揍他們，」他加了一句，「我想，總體上來說，他們今晚挨的揍已經足夠了。我告訴他們這話的時候，那些黃鼠狼點頭如搗蒜，發誓再也不給我們惹麻煩了。還說，他們對自己的所作所為感到非常抱歉和後悔，要怪都怪黃鼠狼頭子和白鼬，又說，如果我們什麼時候需要他們效勞的話，只需要知會一聲。於是，我給了他們每人一個圓麵包，放他們從後門出去了。他們拔腿就跑，要多快有多快。」

說罷，鼴鼠便把他的椅子拉到餐桌邊，埋頭吃起冷牛舌來。蛤蟆呢，此刻他就像一個紳士一樣，把妒忌拋在了一邊，真誠地說：「太感謝你了，親愛的鼴鼠，為了你今晚的辛勞戰鬥，尤其要為了你今早的機智乾杯！」獾聽了高興地說：「我勇敢的蛤蟆，說得太好了！」於是，他們的晚餐在無比高興、和諧滿足的氛圍裡吃完了。接著，他們很快上樓，鑽進乾淨的床單裡休息去了。

今晚能在蛤蟆的祖宅裡睡上安穩的一覺，是他們以無與倫比的勇氣、完美的戰略和頑強的戰鬥搶回來的。

第二天早晨，蛤蟆又跟往常一樣睡過了頭，下樓來吃早飯時，簡直晚得不成體統。他發現桌上只剩一堆蛋殼，幾片硬得跟皮革一樣的冷土司，一個空了四分之三的咖啡壺，別的真的就沒什麼了。這倒讓他滿火大的，他想著畢竟這裡是自己家！

透過餐廳的法式長窗，他可以看見鼴鼠和河鼠正坐在外面草坪上的藤椅裡，很明顯是在給彼此說故事，互相逗得哈哈大笑，小短腿在空中亂蹬。獾坐在扶手椅上，埋頭讀著早上的報紙。當蛤蟆走進房間時，他只是抬起頭來看了一下，點了點頭。

蛤蟆瞭解他，於是，他坐了下來，盡量好好吃了頓早餐，並且暗自告訴他自己，這帳遲早要跟他們算。當他快要吃完的時候，獾抬起頭來簡短地說：「我很抱歉，蛤蟆，不過今天早上，恐怕你會有很多工作要做。你瞧，我覺得我們真該好好慶祝一下這件大事，舉辦一次宴會。按照規矩，這事應該要你來做。」

「噢，好吧！」蛤蟆爽快地答應說，「一切依你。儘管我不明白為什麼非要在早上舉行。不過你知道，我活著不是為了取悅自己，而是要盡我所能，服務和幫助我的朋友，你這個親愛的老獾！」

「別傻了，」獾略帶生氣地說，「還有，不要在你說話的時候，咯咯笑著把口水噴到咖啡裡，這很不禮貌。我的意思是說，宴會當然要在晚上舉行，可是邀請函必須立刻由你寫好發出去。現在，你在那張書桌前坐下——那裡有幾疊信紙，信紙最上面印著藍色和金色字體的『蛤蟆莊園』——給我們所有的朋友寫邀請函。只要你不停地寫，午餐前我們就應該能把信發出去。當然我也會伸出援手，承擔一部分工作，負責預訂晚宴。」

「什麼！」蛤蟆沮喪地叫起來，「這麼美好的一個早晨，卻要把我關起來寫一堆破信！我想在我的房產周圍轉轉，安排妥當所有的人和事情，然後在裡面昂首闊步，盡情享受！我不幹了！我要——待會見——不過等一下，噢，當然了，親愛的獾！比起別人的快樂或方便，我自己的又算得了什麼！你要我做，我就應該照辦。去吧，獾，去預訂晚宴吧，愛訂什麼就訂什麼。然後去外面跟我們年輕的朋友談笑風生吧，忘掉我的忙碌和操心吧！我將為了神聖的責任和友誼，犧牲這個美好的早晨！」

獾充滿懷疑地望著蛤蟆，但蛤蟆坦率的樣子，讓他很難想到這種態度轉變的背後，會有任何不良的動機。於是，他離開餐廳，向廚房走去。獾剛關上門，蛤蟆就急忙向書桌走去。

事實上，在他剛說話的時候，就已經想到了一個點子。在邀請函上，他要提到他在那場戰鬥中是如何發揮了領導能力，提到他是怎樣把黃鼠狼頭子打倒在地，還要暗示他之前的一連串歷險和勝利，都要一一寫下來。在空白的地方，他還要列出一張晚宴的娛樂節目清單——他腦子裡打著像這樣的一張流程圖：

演講——蛤蟆

（晚宴時蛤蟆還會有另外幾場演講）

致辭

概要——我們的監獄制度——英國古老的水路——馬匹交易——財產交易、它的產權和義務——榮歸故里——一位典型的英國紳士。

歌曲——蛤蟆

（本人自編）

其他歌曲——蛤蟆

（晚宴時由作曲家本人演唱）

這個點子讓他興奮異常，於是，他努力寫信，中午時就寫好了所有的信。

這時，他接到一個通報說，一隻身材瘦小、衣衫襤褸的黃鼠狼站在門口，怯生生地問能不能為紳士服務。蛤蟆大搖大擺地走了出去，發現原來正是晚上的俘虜之一，如今見到他，連忙必恭必敬地巴結討好。蛤蟆拍拍他的腦袋，把那一疊邀請函塞進他的爪子裡，吩咐他抄近路，火速把信送出去。要是他晚上願意回來的話，也許會賞賜一先令，也許不會。那隻可憐的黃鼠狼感激涕零，匆忙去執行他的任務了。

其他三隻動物在河上度過了快樂的一上午，歡歡喜喜地回來吃午飯。鼴鼠呢，他倒覺得良心有點過意不去，充滿懷疑地望著蛤蟆，想弄明白他是高興還是沮喪。顯然都不是，此刻他一副盛氣凌人、驕傲自大的樣子。鼴鼠開始懷疑出了什麼事。河鼠和獾則會心地互看了一眼。

剛吃過午飯，蛤蟆就把兩隻爪子插進褲子口袋裡，漫不經心地說：「好吧，照顧好你們自己吧，各位夥伴，你們想要做任何事都儘管吩咐！」然後便大搖大擺朝著花園走去。他要為今晚的演講內容好好構思一下。這時，河鼠抓住了他的手。

蛤蟆猜到了河鼠的用意，拚命掙脫，可是，當獾用力抓住他的另一隻手時，他開始明白這個遊戲已經結束了。就這樣，兩隻動物架著他，進了那間對著門廳的小吸菸室，關上門，就把蛤蟆放在了椅子上。他們兩個則一起站在他面前。此時，蛤蟆一聲不響地坐著，不懷好意地望著他們。

「好，你聽著，蛤蟆，」河鼠說，「是有關晚宴的事情。很抱歉我不得不這麼跟你說話。不過我們希望你清楚這一點，總而言之就是，晚宴上既沒有演講，也沒有歌唱。請你試著接受這個事實。我們不是和你商量，而是通知你這個決定。」

蛤蟆知道自己落入了圈套。他們瞭解他，看穿了他，搶在了他前面，破壞他的美夢。

「我就不能唱首歌嗎？」他可憐地請求著。

「不行，一首歌也不行，」河鼠堅定地說，儘管當他看到蛤蟆那絕望可憐的模樣、瑟瑟發抖的嘴唇，心裡也不好受。「那樣沒好處，小蛤，你很清楚，你唱的都是些驕傲自負、誇誇其談、愛慕虛榮的內容，你的演講都是自我鼓吹……以及……嗯，誇大其詞，還有……」

「吹牛。」獾用他一貫的語氣補上一句。

「小蛤，這是為你好呀，」河鼠說下去，「你明白，你遲早要翻開新的一章，如今就是燦爛一刻的開始，是你一生的轉捩點。要知道，我說這話不比你好受。」

蛤蟆深思良久。最後，他抬起了頭，臉上露出了異常激動的神情。「你們贏了，我的朋友，」他斷斷續續地說，「其實，我只有一個很小的要求——只要允許我再熱鬧和歡樂一個晚上，讓我再一展歌喉和才華，讓我再聽聽那洶湧熱烈的掌聲，因為它總能襯托出我最好的氣質。雖然我知道你們是對的，而我錯了。但只此最後一次，從今以後，我要做一隻煥然一新的蛤蟆。我的朋友，你們應該再也不會為我臉紅了。但是，噢，噢上帝，這世界太不容易了！」

然後，他用手帕捂住了臉，踉踉蹌蹌地離開了房間。

「獾，」河鼠說，「我覺得自己是個冷血的畜生，我不知道你是什麼感覺？」

「噢，我瞭解，我瞭解，」獾沮喪地說，「但我們不得不這麼做。這個傢伙必須在這裡生活，站穩腳跟，受人尊敬。你要看著他淪為大家的笑柄，被白鼬和黃鼠狼嘲笑譏諷嗎？」

「當然不，」河鼠說，「說到黃鼠狼，幸好我們遇到了那隻正要去幫蛤蟆送邀請函的小黃鼠狼。從你的話裡，我就懷疑會有蹊蹺了，於是就看了一兩張。果不其然，簡直寫得太丟臉了。我把那些邀請函都沒收了，現在，好心的鼴鼠正坐在藍色梳妝室裡，重填邀請函呢。」

宴會終於要開始了。

窩在臥室的蛤蟆，依舊悶悶不樂，苦苦思索，用爪子托著額頭，久久沉思。漸漸地，他的神情逐漸開朗起來，臉上緩緩露出了笑意。接著，他自顧自地害羞、扭捏地傻笑起來。最後，他站了起來，鎖上門，拉上窗簾，把房裡所有的椅子擺成一個半圓形，自己站在前面，神氣活現起來。然後，他鞠了個躬，咳了兩聲，對著他想像中的觀眾，眉飛色舞大聲唱起來。

蛤蟆的最後一首歌

蛤蟆——回家——啦！
客廳裡一片驚慌，大廳裡混亂不堪，
牛棚裡號啕大哭，馬廄裡漫天尖叫。
蛤蟆——回家——啦！

蛤蟆——回家——啦！
窗戶乒乓砸破，門內鬧聲轟轟，
黃鼠狼直逃竄，紛紛暈倒在地。
蛤蟆——回家——啦！

鼓聲響起咚咚咚！

號手吹起號，士兵敬著禮，
炮彈隆隆響，汽車嘟嘟叫，
這是——英雄——回來啦！

歡呼著——萬歲！
讓人人都高呼起來，
向值得尊敬的動物致敬，
為了蛤蟆——盛大的——節日！

他氣沉丹田，唱得激情洋溢。唱完一遍，又從頭來一遍。

接著，他深深歎了口氣，很長、很長、很長的一口氣。

然後，他把梳子在水裡蘸了蘸，把頭髮從當中分開，刷得筆直光滑，垂在臉頰兩邊。他打開門鎖，悄悄走下樓去，迎接他的客人。他知道，他們一定都聚集在客廳裡了。

當他進去的時候，所有動物都高聲歡呼，緊緊圍過來祝賀他，讚美他的勇敢、智慧和戰鬥精神。蛤蟆只是淡淡一笑，喃喃說：「沒什麼！」有時候還謙虛地說：「剛剛好相反！」水獺站在壁爐前的地毯上，對著一群客人高談闊論，吹噓著假如當時他在場的話會怎麼做。看到蛤蟆過來了，他大叫一聲跑了過去，伸出手摟住他的脖子，想要拉著他在房間裡繞圈。但是蛤蟆，卻對他投以溫和的嗤之以鼻。他掙脫開身子，平和地說：「獾才是主帥，鼴鼠和河鼠才是戰鬥的前鋒，而我只是個在隊伍中服務的，做得很少，甚至沒做什麼。」

動物顯然對蛤蟆這種一反常態，大為疑惑不解，驚詫不已。蛤蟆這才感覺到，當他走到一個又一個客人面前，彬彬有禮，謙虛作答時，就已經吸引了每一位客人的興趣。

晚宴非常成功，獾訂來的每樣東西都是上等的。動物談天說地，充滿了歡聲笑語。只有蛤蟆，從頭到尾坐在椅子上，低頭盯著鼻尖，不時對身邊的動物咕噥兩句客套話。

偶爾，他偷偷瞥一眼獾和河鼠，看到他們總是張大了嘴巴，互相對視，這給了蛤蟆極大的欣慰。

晚宴還在繼續，一些年輕活躍的動物開始交頭接耳起來，嘀咕著這次的晚宴不像從前那麼有趣了。有人敲著桌子喊道：「蛤蟆，來段演講呀！唱首歌呀！來首歌呀！」但蛤蟆只是輕輕地搖搖頭，舉起一隻爪子，溫柔地表示反對，勸客人多吃點美食，多聊一下天。最後，還認真詢問起他們家裡還有沒有尚未到達參加社交活動的年紀的成員。他想方設法讓前來的客人知道，這次晚宴是嚴格遵照傳統方式進行的。

蛤蟆真的變了！

這次盛會之後，四隻動物繼續過著快樂滿足的生活。這種生活也曾一度被內戰粗暴地破壞，不過自那之後，就再也沒有受到動亂或入侵的打擾。

蛤蟆和他的朋友商量後，挑選了一條漂亮的金項鍊，把它裝在一個鑲著珍珠的小盒子裡，派人送給獄卒的女兒，隨之奉上的還有一封感謝信。就連獾也承認那封信寫得謙虛誠懇。而那位火車司機，也為因此受到的所有艱難困苦，獲得了適當的答謝和補償。在獾的嚴厲督促下，就連那個船娘也好不容易被找到了，適當地補償了她的馬錢，儘管蛤蟆對此暴跳如雷，申辯說他是命運之神派來懲罰那個手臂上長著斑點的胖女人的，因為她在面對一位真正的紳士時，居然有眼不識泰山。至於涉及的金額，說真的，也不是太難估算。和吉普賽人的那筆交易，當地的估價員承認是大致合適的。

在漫長的夏日夜晚，這四個夥伴有時會一起去原始森林散步。如今的原始森林已經被他們馴得服服帖帖的了。

他們高興地看到，原始森林的居民恭恭敬敬地向他們問好，黃鼠狼媽媽把她們的孩子帶到洞口，指著他們說：「看哪，寶貝！那就是偉大的蛤蟆先生！走在他身邊的是英勇的河鼠，一位勇敢的戰士。那邊來的是有名的鼴鼠先生，你們父親經常提起的那位！」

當孩子不聽話鬧脾氣的時候，媽媽就會對他們說，如果再淘氣的話，可怕的大灰獾就會來把他們抓走。不得不說，這樣誹謗獾實在糟糕。獾雖然不關心世事，卻非常喜歡孩子。但這麼做總是屢試不爽。

譯後記

河鼠的宇宙

一整個夏天，我都沉浸在一個住在河岸邊的詩人的世界裡，他的家在水光、漣漪、芬芳、泉聲、暖陽之中，確切地說是在一個河洞裡，大河是他的庭院，天空是他的稿紙，他用划船代替散步，用冥想代替寫詩。

這位詩人是一隻河鼠。他還有幾位朋友：隱居森林的老獾，住在大莊園中的蛤蟆，生活在地底下的鼴鼠……如果世間只有詩歌就好了，可偏偏不是，現實總是平地波瀾，比河流還要洶湧莫測，他的朋友蛤蟆不懂得珍惜美好，任性胡為，最終因為偷盜而被關進了監獄裡。等到蛤蟆重獲自由，發現莊園已被黃鼠狼和他龐大的嘍囉占據，可憐的蛤蟆無家可歸。

出於對蛤蟆悲慘處境的同情，老獾邀請河鼠與鼴鼠驅走惡霸，希望可以幫助蛤蟆重返自己的家。

現實是，黃鼠狼一方兵強將悍，蠻勇無比，而河鼠一方幾乎不堪一擊，強弱之間力量對比懸殊。但有趣的是，弱小的一方，經過一番努力，竟然將強大得似乎堅不可摧的一方瓦解，蛤螟得以奪回了本屬於他的一切。

一個弱者成長為英雄——出人意料的驚喜！這就是好萊塢教父羅伯特．麥基反覆強調的故事魅力。但對作家肯尼斯．葛拉罕來說，他的寫作顯然還有另外的向度，他要表達的是溫暖的愛，是正義的尊嚴，是迂迴的智慧，是不屈的勇氣，尤其是每個卑微的生命都可能煥發的燦爛光輝。

作為肯尼斯為自己的幼子阿拉斯泰爾準備的睡前故事，《柳林風聲》講述的是一隻河鼠的宇宙，但我們完全可以將它視為肯尼斯的宇宙。肯尼斯先生幼年喪母，他們兄妹四人由親戚收養，肯尼斯由外祖母撫養。外祖母家在英國鄉間，山崗、林木、水澤、動物、天光雲影、滿月的清輝下從樹葉上傳來的浩蕩風聲……一個弱小無助的身軀裡裝滿了自然的美與浪漫無羈的想像力。

成年後，已娶妻生子的肯尼斯在英格蘭銀行謀生，但絲毫不影響他去建築自己的藝術世界，童年饋贈給了他澎湃而罕有的創作熱情，他帶著這些熱情一次次踏上了自己的童話之旅。現實與幻想竟然可以如此和睦相處，這不由使你想起卡夫卡、佩索亞、喬伊斯與史蒂文斯。白天他們分別是公司的實習助理、沉默的小會計、銀行裡小心翼翼的通訊員、保險業中地位顯赫的高管，到了夜晚，他們則拋棄了自己的名字，化身為孤獨艱深的作家與天馬行空的詩人，為這個世界帶來一部部迷人的文學經典，燦爛得如同星辰的禮物。

海德格將這種生活解釋為，人可以在大地上詩意地棲居。

這也解釋了肯尼斯描寫一隻河鼠的創作之謎。

幾乎每一分、每一秒，總會有新的孩童降臨這個世界，懷著無限驚喜與好奇，他們終究要經歷人世的洪流，而在萬丈洪流中，得到愛與美的贈予、詩歌與童話的護佑，見識河鼠的宇宙，應該是每個花香滿徑的心靈永葆幸福的祕密。

作者簡介

肯尼斯．葛拉罕（Kenneth Grahame, 1859-1932）

英國家喻戶曉的兒童文學作家。生於英國蘇格蘭愛丁堡。五歲喪母，後來隨外公外婆在泰晤士河畔生活，暢遊天地間，與山崗、樹木、水澤、動物、天光雲影為伴。

二十歲時，因家庭拮据放棄大學學業，任職於倫敦的英國銀行，業餘時間從事文學創作，與王爾德、蕭伯納、葉慈等知名作家詩人多有往來。

四十歲時結婚，婚後育有一子。孩子四歲起，他每晚給孩子講一段動物故事，故事的主角是一隻蛤蟆。

不久，這個睡前故事中多了鼴鼠、河鼠和獾。孩子度假期間，葛拉罕繼續給兒子寫信，講述蛤蟆的歷險故事，這些故事就是《柳林風聲》的藍本。

葛拉罕將《柳林風聲》視為送給孩子的禮物，旨在激發孩子的想像力，讓孩子感受到純真友誼的可貴、自然和家庭的溫暖，在成年後依然擁有心靈復甦能力。

《柳林風聲》一經出版迅速風靡，引起熱烈迴響，就連時任美國總統希歐多爾．羅斯福都成為其忠實讀者，親自致信作者表達喜愛之情，還替自己的孩子請求簽名版。

譯者簡介

童天遙

生於浙江湖州，九〇後詩人。著有詩集《小孤山》。信奉勇氣，信奉美即道德，信奉平行宇宙，信奉自由勝於真理。

代表譯作《綠野仙蹤》、《柳林風聲》。

柳林風聲 / 肯尼斯・葛拉罕著；童天遙譯 . -- 初版 . -- 臺北市：時報文化出版企業股份有限公司 , 2025.05
224 面；14.8×21 公分 . -- (愛經典；87)
譯自：The wind in the willows
ISBN 978-626-419-441-9 (精裝)

873.57 114004855

ISBN 978-626-419-441-9

Printed in Taiwan

愛經典0087

柳林風聲

作者—肯尼斯・葛拉罕｜譯者—童天遙｜編輯—邱淑鈴｜企畫—張瑋之｜封面設計—朱疋｜校對—邱淑鈴｜總編輯—胡金倫｜董事長—趙政岷｜出版者—時報文化出版企業股份有限公司 108019臺北市和平西路三段二四〇號四樓 發行專線—(〇二)二三〇六—六八四二 讀者服務專線—〇八〇〇—二三一—七〇五、(〇二)二三〇四—七一〇三 讀者服務傳真—(〇二)二三〇四—六八五八 郵撥—一九三四四七二四時報文化出版公司 信箱—10899臺北華江橋郵局第99信箱 時報悅讀網—http://www.readingtimes.com.tw｜電子郵件信箱—new@readingtimes.com.tw｜法律顧問—理律法律事務所 陳長文律師、李念祖律師｜印刷—勁達印刷有限公司｜初版一刷—二〇二五年五月八日｜定價—新台幣三八〇元｜(缺頁或破損的書，請寄回更換)